Ingeborg Bachmann
Sämtliche Gedichte

PIPER

Zu diesem Buch

»Erfolg als irrationales Phänomen – keiner der deutschsprachigen Nachkriegsautoren hat einen auch nur annähernd so erstaunlichen Beitrag zu diesem Thema geliefert wie die Österreicherin Ingeborg Bachmann. Ein einziger schmaler Gedichtband, ›Die gestundete Zeit‹, 1953 erschienen, und schon war ihr Name allen bekannt, auch solchen, für die Lyrik sonst nicht eben zum täglichen Brot gehört. Die Zeile, die bleibt, das Wort, das nie schal wird, die große Strophe haben ihren Ursprung dort, wo Leidensfähigkeit und Leiderfahrung auf den Formwillen und das Formvermögen einer trotz aller Sensitivität im Kern unbeirrbaren Natur treffen. Seit Gottfried Benn hat es im deutschen Sprachraum kein lyrisches Talent gegeben, an dem sich diese Grundbedingung dichterischer Existenz überzeugender bewahrheitet hat als an Ingeborg Bachmann.« (Günter Blöcker, *Frankfurter Allgemeine Zeitung*)

Ingeborg Bachmann, am 25. Juni 1926 in Klagenfurt geboren, Lyrikerin, Erzählerin, Hörspielautorin, Essayistin. 1952 erste Lesung bei der Gruppe 47. Preise: Bremer Literaturpreis, Hörspielpreis, Georg-Büchner-Preis, Großer Österreichischer Staatspreis, Anton-Wildgans-Preis. Sie lebte nach Aufenthalten in München und Zürich viele Jahre in Rom, wo sie am 17. Oktober 1973 starb.

Ingeborg Bachmann

Sämtliche Gedichte

PIPER

Mehr über unsere Autorinnen, Autoren und Bücher:
www.piper.de

Textgrundlage: Werke, Band 1, herausgegeben von Christine Koschel, Inge von Weidenbaum und Clemens Münster, Piper Verlag, München 1978, 3., verbesserte Auflage 1983.

Zu den lieferbaren Büchern von Ingeborg Bachmann bei Piper siehe Seite 231.

Ungekürzte Taschenbuchausgabe
ISBN 978-3-492-23985-1
August 1998 (SP 2644)
1. Auflage Oktober 2003
16. Auflage Juli 2026

Für direkten Kontakt und Fragen zum Produkt
wenden Sie sich bitte an: *info@piper.de*
Umschlagmotiv: Isolde Moser / Dr. Heinz Bachmann (Foto)
sowie Ausschnitte aus eigenhändigen Manuskripten von
Ingeborg Bachmann mit Genehmigung der Erben und der
Österreichischen Nationalbibliothek
Gedruckt von ScandBook in Litauen
Printed in the EU

Inhalt

1 Jugendgedichte

»Ich.«

[. . .]

2

Sklaverei ertrag ich nicht
Ich bin immer ich
Will mich irgend etwas beugen
Lieber breche ich.

Kommt des Schicksals Härte
oder Menschenmacht
Hier, so bin ich und so bleib ich
Und so bleib ich bis zur letzten Kraft.

Darum bin ich stets nur eines
Ich bin immer ich
Steige ich, so steig ich hoch
Falle ich, so fall ich ganz.

Bewegung des Herzens

Auswahl

Nach grauen Tagen

Eine einzige Stunde frei sein!
Frei, fern!
Wie Nachtlieder in den Sphären.
Und hoch fliegen über den Tagen
möchte ich
und das Vergessen suchen – – –
über das dunkle Wasser gehen
nach weißen Rosen,
meiner Seele Flügel geben
und, oh Gott, nichts wissen mehr
von der Bitterkeit langer Nächte,
in denen die Augen groß werden
vor namenloser Not.
Tränen liegen auf meinen Wangen
aus den Nächten des Irrsinns,
des Wahnes schöner Hoffnung,
dem Wunsch, Ketten zu brechen
und Licht zu trinken – – –
Eine einzige Stunde Licht schauen!
Eine einzige Stunde frei sein!

Aufblickend

Daß ich nach schalem Genusse,
Erniedrigt, bitter und lichtlos
Mich fasse und in mich greife,
Macht mich noch wert.
Ich bin ein Strom
Mit Wellen, die Ufer suchen,
Schattende Büsche im Sand,
Wärmende Strahlen von Sonne,
Wenn auch für einmal nur.

Mein Weg aber ist ohne Erbarmen.
Sein Fall drückt mich zum Meer.
Großes, herrliches Meer!
Ich weiß keinen Wunsch auf diesen,
Als strömend mich zu verschütten
In die unendlichste See.

Wie kann ein Begehren,
Süßere Ufer zu grüßen,
Gefangen mich halten,
Wenn ich vom letzten Sinne
Immer noch weiß!

Ich frage

Ich frage mich alle Stunden tausendmal,
Woher mir dieses Lastbewußtsein kam,
Dies dumpfe immer tiefer Schmerzen.
Ich habe alle Freude längst verloren,
Mich zu empfinden in den Mattigkeiten,
Ich bin gequält in meinem Weiterschreiten
Und bitter, daß ich mich nicht wehren kann.

Ich schüttel mich in himmelwärt'ger Schau,
Versuch mich in Genuß und Raserei.
Ich bin mit Gott und seiner Welt zerfallen
Und habe selbst im Knieen nie gefühlt,
Daß es den Demutfrieden gibt,
Den alle andern sich so leicht erdienen.

Ich muß doch Gottes sein, in allem Widerspruch.
Ihn so zu glauben, wie ich glauben muß,
Muß er notwendig mich aus seinem Strahle geben.
Wie bist du müde, Welt, die mich geboren,
Einzig bereit, mir Ketten aufzudrücken
Und, wo ich lodern kann und mich entzücken,
Mir deine Schatten fester einzugraben.

Im Sommer

Zwischen Schlaf und Träumen
In üppigen Wiesen
Wandert mein Blick auf
In die unendlichen Höhen.
Welch ein schäumendes Leben!
Wolke auf Wolke entschwebt
Wie die glühenden Stunden,
Die werden versinken
Mitten ins dunkle Weh
Des moorigen Teiches.
Nichts regt sich in mir,
Durch die sengende Hitze
Bin ich in Ruhe geworfen.
Tag folgt auf Tag.
Meine Augen sehen sie immer,
Die goldene Sonne.
Einmal wird sie bleiben,
Dort wo ein Schatten aufwölkt.
Bitterlich ist das Versäumen.

Schranken

Zündest du Lichter an
und große Feuer
mit weiten Scheinen
ohne Ende.

Wirfst du in schleiernden Rauch
züngelnde Fackeln,
streust du aus Augen und Herz,
was du besitzt.

Immer nur ist es Versuch,
tastender Weg,
immer dein Bild nur,
das du vom Lichte trägst.

Einem Winter entgegen . . .

I

Ich wollte nie so versinken
und ich will nicht glauben,
daß die heiligen Stunden,
die selbst im Trubel ich fand,
mich verließen wie launische Winde.

Ich werde wandern und suchen.
Und wenn ich einmal sie finde,
werde ich nie mehr lassen,
daß die leidigen Tage
mich fransen wie seidiges Tuch.

Ich hatte Einsamkeit und weine,
daß ich so leicht sie ließ,
dem sie kam zu geben.
Sicher kam sie zu geben,
während mich Schlaf umfing!

II

Schmerzend ist jede Nacht,
Wenn du den sterbenden Tag,
Gefesselt, ihn ganz zu erfüllen,
Still hast bedacht.

Klaffend ein tiefer Grund
Zwischen gewolltem Sein
Und seines schalen Erfüllens
Engendem Rund.

Wenn du im Traume auch
Oft schon umschlungen hast
Himmel und herrliche Höhen,
Bleibt es beim Traum.

2 Gedichte 1948–1953

[Abends frag ich meine Mutter]

Abends frag ich meine Mutter
heimlich nach dem Glockenläuten,
wie ich mir die Tage deuten
und die Nacht bereiten soll.

Tief im Grund verlang ich immer
alles restlos zu erzählen,
in Akkorden auszuwählen,
was an Klängen mich umspielt.

Leise lauschen wir zusammen:
meine Mutter träumt mich wieder,
und sie trifft, wie alte Lieder,
meines Wesens Dur und Moll.

[Wir gehen, die Herzen im Staub]

Wir gehen, die Herzen im Staub,
und lange schon hart am Versagen.
Man hört uns nur nicht, ist zu taub,
um das Stöhnen im Staub zu beklagen.

Wir singen, den Ton in der Brust.
Dort ist er noch niemals entsprungen.
Nur manchmal hat einer gewußt:
wir sind nicht zum Bleiben gezwungen.

Wir halten. Beenden den Trott.
Sonst ist auch das Ende verdorben.
Und richten die Augen auf Gott:
wir haben den Abschied erworben!

[Es könnte viel bedeuten]

Es könnte viel bedeuten: wir vergehen,
wir kommen ungefragt und müssen weichen.
Doch daß wir sprechen und uns nicht verstehen
und keinen Augenblick des andern Hand erreichen,

zerschlägt so viel: wir werden nicht bestehen.
Schon den Versuch bedrohen fremde Zeichen,
und das Verlangen, tief uns anzusehen,
durchtrennt ein Kreuz, uns einsam auszustreichen.

Entfremdung

In den Bäumen kann ich keine Bäume mehr sehen.
Die Äste haben nicht die Blätter, die sie in den Wind halten.
Die Früchte sind süß, aber ohne Liebe.
Sie sättigen nicht einmal.
Was soll nur werden?
Vor meinen Augen flieht der Wald,
vor meinem Ohr schließen die Vögel den Mund,
für mich wird keine Wiese zum Bett.
Ich bin satt vor der Zeit
und hungre nach ihr.
Was soll nur werden?

Auf den Bergen werden nachts die Feuer brennen.
Soll ich mich aufmachen, mich allem wieder nähern?

Ich kann in keinem Weg mehr einen Weg sehen.

Betrunkner Abend

Betrunkner Abend, voll vom blauen Licht,
taumelt ans Fenster und begehrt zu singen.
Die Scheiben drängen furchtsam sich und dicht,
in denen seine Schatten sich verfingen.

Er schwankt verdunkelnd um das Häusermeer,
trifft auf ein Kind, es schreiend zu verjagen,
und atmet keuchend hinter allem her,
Beängstigendes flüsternd auszusagen.

Im feuchten Hof am dunklen Mauerrand
tummelt mit Ratten er sich in den Ecken.
Ein Weib, in grau verschlissenem Gewand,
weicht vor ihm weg, sich tiefer zu verstecken.

Am Brunnen rinnt ein dünner Faden noch,
ein Tropfen läuft, den andern zu erhaschen;
dort trinkt er jäh aus rostverschleimtem Loch
und hilft, die schwarzen Gossen mitzuwaschen.

Betrunkner Abend, voll vom blauen Licht,
taumelt ins Fenster und beginnt zu singen.
Die Scheiben brechen. Blutend im Gesicht
dringt er herein, mit meinem Graun zu ringen.

Hinter der Wand

Ich hänge als Schnee von den Zweigen
in den Frühling des Tals,
als kalte Quelle treibe ich im Wind,
feucht fall ich in die Blüten
als ein Tropfen,
um den sie faulen
wie um einen Sumpf.
Ich bin das Immerzu-ans-Sterben-Denken.

Ich fliege, denn ich kann nicht ruhig gehen,
durch aller Himmel sichere Gebäude
und stürze Pfeiler um und höhle Mauern.
Ich warne, denn ich kann des Nachts nicht schlafen,
die andern mit des Meeres fernem Rauschen.
Ich steige in den Mund der Wasserfälle,
und von den Bergen lös ich polterndes Geröll.

Ich bin der großen Weltangst Kind,
die in den Frieden und die Freude hängt
wie Glockenschläge in des Tages Schreiten
und wie die Sense in den reifen Acker.

Ich bin das Immerzu-ans-Sterben-Denken.

[Beim Hufschlag der Nacht]

Beim Hufschlag der Nacht, des schwarzen Hengstes vorm
  Tor,
zittert mein Herz noch wie einst und reicht mir den Sattel
  im Flug,
rot wie das Halfter, das Diomedes mir lieh.
Gewaltig sprengt der Wind mir auf dunkler Straße voran
und teilt das schwarze Gelock der schlafenden Bäume,
daß die vom Mondlicht nassen Früchte
erschrocken auf Schulter und Schwert springen,
und ich schleudre
die Peitsche auf einen erloschenen Stern.
Nur einmal verhalt ich den Schritt, deine treulosen
  Lippen zu
küssen, schon fängt sich dein Haar in den Zügeln,
und dein Schuh schleift im Staub.

Und ich hör deinen Atem noch
und das Wort, mit dem du mich schlugst.

Dem Abend gesagt

Meine Zweifel, bitter und ungestillt,
versickern in den Abendtiefen.
Müdigkeit singt an meinem Ohr.
Ich lausche . . .
Das war doch gestern schon!
Das kommt und geht doch wieder!

Die Schlafwege kenn ich bis ins süßeste Gefild.
Ich will dort nimmer gehen.
Noch weiß ich nicht, wo mir der dunkle See
die Qual vollendet.
Ein Spiegel soll dort liegen,
klar und dicht,
und will uns,
funkelnd vor Schmerz,
die Gründe zeigen.

Vision

Jetzt schon zum dritten Mal der Donnerschlag!
Und aus dem Meer taucht langsam Schiff auf Schiff.
Versunkne Schiffe mit verkohltem Mast,
versunkne Schiffe mit zerschossner Brust,
mit halbzerfetztem Leib.

Und schwimmen stumm,
unhörbar durch die Nacht.
Und keine Welle schließt sich hinter ihnen.

Sie haben keinen Weg, sie werden keinen finden,
kein Wind wird wagen, fest in sie zu greifen,
kein Hafen wird sich öffnen.
Der Leuchtturm kann sich schlafend stellen!

Wenn diese Schiffe bis ans Ufer kommen . . .
Nein, nicht ans Ufer!
Wir werden sterben wie die Fischzüge,
die rund um sie auf breiten Wogen wiegen
zu abertausend Leichen!

Menschenlos

Verwunschnes Wolkenschloß, in dem wir treiben . . .
Wer weiß, ob wir nicht schon durch viele Himmel
so ziehen mit verglasten Augen?
Wir, in die Zeit verbannt
und aus dem Raum gestoßen,
wir, Flieger durch die Nacht und Bodenlose.

Wer weiß, ob wir nicht schon um Gott geflogen,
und, weil wir pfeilschnell schäumten ohne ihn zu sehen
und unsre Samen weiterschleuderten,
um in noch dunkleren Geschlechtern fortzuleben,
jetzt schuldhaft treiben?

Wer weiß, ob wir nicht lange, lang schon sterben?
Der Wolkenball mit uns strebt immer höher.
Die dünne Luft lähmt heute schon die Hände,
und wenn die Stimme bricht und unser Atem steht . . .?
Bleibt die Verwunschenheit für letzte Augenblicke?

Wie soll ich mich nennen?

Einmal war ich ein Baum und gebunden,
dann entschlüpft ich als Vogel und war frei,
in einen Graben gefesselt gefunden,
entließ mich berstend ein schmutziges Ei.

Wie halt ich mich? Ich habe vergessen,
woher ich komme und wohin ich geh,
ich bin von vielen Leibern besessen,
ein harter Dorn und ein flüchtendes Reh.

Freund bin ich heute den Ahornzweigen,
morgen vergehe ich mich an dem Stamm . . .
Wann begann die Schuld ihren Reigen,
mit dem ich von Samen zu Samen schwamm?

Aber in mir singt noch ein Beginnen
– oder ein Enden – und wehrt meiner Flucht,
ich will dem Pfeil dieser Schuld entrinnen,
der mich in Sandkorn und Wildente sucht.

Vielleicht kann ich mich einmal erkennen,
eine Taube einen rollenden Stein . . .
Ein Wort nur fehlt! Wie soll ich mich nennen,
ohne in anderer Sprache zu sein.

[Die Häfen waren geöffnet]

Die Häfen waren geöffnet. Wir schifften uns ein,
die Segel voraus, den Traum über Bord,
Stahl an den Knien und Lachen um unsere Haare,
denn unsere Ruder trafen ins Meer, schneller als Gott.

Unsere Ruder schlugen die Schaufeln Gottes und teilten
die Flut;
vorne war Tag, und hinten blieben die Nächte,
oben war unser Stern, und unten versanken die andern,
draußen verstummte der Sturm, und drinnen wuchs unsre
Faust.

Erst als ein Regen entbrannte, lauschten wir wieder;
Speere stürzten herab und Engel traten hervor,
hefteten schwärzere Augen in unsere schwarzen.
Vernichtet standen wir da. Unser Wappen flog auf:

Ein Kreuz im Blut und ein größeres Schiff überm Herzen.

[Die Welt ist weit]

Die Welt ist weit und die Wege von Land zu Land,
und der Orte sind viele, ich habe alle gekannt,
ich habe von allen Türmen Städte gesehen,
die Menschen, die kommen werden und die schon gehen.
Weit waren die Felder von Sonne und Schnee,
zwischen Schienen und Straßen, zwischen Berg und See.
Und der Mund der Welt war weit und voll Stimmen an
meinem Ohr
und schrieb, noch des Nachts, die Gesänge der Vielfalt vor.
Den Wein aus fünf Bechern trank ich in einem Zuge aus,
mein nasses Haar trocknen vier Winde in ihrem
wechselnden Haus.

Die Fahrt ist zu Ende,
doch ich bin mit nichts zu Ende gekommen,
jeder Ort hat ein Stück von meinem Lieben genommen,
jedes Licht hat mir ein Aug verbrannt,
in jedem Schatten zerriß mein Gewand.

Die Fahrt ist zu Ende.
Noch bin ich mit jeder Ferne verkettet,
doch kein Vogel hat mich über die Grenzen gerettet,
kein Wasser, das in die Mündung zieht,
treibt mein Gesicht, das nach unten sieht,
treibt meinen Schlaf, der nicht wandern will . . .
Ich weiß die Welt näher und still.

Hinter der Welt wird ein Baum stehen
mit Blättern aus Wolken
und einer Krone aus Blau.
In seine Rinde aus rotem Sonnenband
schneidet der Wind unser Herz
und kühlt es mit Tau.

Hinter der Welt wird ein Baum stehen,
eine Frucht in den Wipfeln,
mit einer Schale aus Gold.
Laß uns hinübersehen,
wenn sie im Herbst der Zeit
in Gottes Hände rollt!

[Noch fürcht ich]

Noch fürcht ich, dich mit dem Garn meines Atems zu
binden,
dich zu gewanden mit den blauen Fahnen des Traums,
an den Nebeltoren meines finsteren Schlosses
Fackeln zu brennen, daß du mich fändest . . .

Noch fürcht ich, dich aus schimmernden Tagen zu lösen,
aus dem goldnen Gefälle des Sonnenflusses der Zeit,
wenn über dem schrecklichen Antlitz des Monds
silbrig mein Herz schäumt.

Blick auf und sieh mich nicht an!
Es sinken die Fahnen, verflammt sind die Fackeln,
und der Mond beschreibt seine Bahn.
Es ist Zeit, daß du kommst und mich hältst, heiliger Wahn!

Beweis zu nichts

Weißt du, Mutter, wenn die Breiten und Längen
den Ort nicht nennen, daß deine Kinder
aus dem dunklen Winkel der Welt dir winken?
Du bleibst stehn, wo sich die Wege verschlingen,
und vorrätig ist dein Herz vor jedem andern.
Wir reichen nicht lange, werfen mit Werken um uns
und blicken zurück. Doch der Rauch überm Herd
läßt uns das Feuer nicht sehn.

Frag: kommt keines wieder? Vom Lot abwärts geführt,
nicht in Richtung des Himmels, fördern wir
Dinge zutage, in denen Vernichtung wohnt und Kraft,
uns zu zerstreuen. Dies alles ist ein Beweis
zu nichts und von niemand verlangt. Entfachst du
das Feuer von neuem, erscheinen wir unkenntlich,
geschwärzte Gesichter, deinem weißen Gesicht.
Wein! Aber winke uns nicht.

3 Die gestundete Zeit

I

Ausfahrt

Vom Lande steigt Rauch auf.
Die kleine Fischerhütte behalt im Aug,
denn die Sonne wird sinken,
ehe du zehn Meilen zurückgelegt hast.

Das dunkle Wasser, tausendäugig,
schlägt die Wimper von weißer Gischt auf,
um dich anzusehen, groß und lang,
dreißig Tage lang.

Auch wenn das Schiff hart stampft
und einen unsicheren Schritt tut,
steh ruhig auf Deck.

An den Tischen essen sie jetzt
den geräucherten Fisch;
dann werden die Männer hinknien
und die Netze flicken,
aber nachts wird geschlafen,
eine Stunde oder zwei Stunden,
und ihre Hände werden weich sein,
frei von Salz und Öl,
weich wie das Brot des Traumes,
von dem sie brechen.

Die erste Welle der Nacht schlägt ans Ufer,
die zweite erreicht schon dich.
Aber wenn du scharf hinüberschaust,
kannst du den Baum noch sehen,
der trotzig den Arm hebt
– einen hat ihm der Wind schon abgeschlagen
– und du denkst: wie lange noch,
wie lange noch
wird das krumme Holz den Wettern standhalten?
Vom Land ist nichts mehr zu sehen.
Du hättest dich mit einer Hand in die Sandbank krallen
oder mit einer Locke an die Klippen heften sollen.

In die Muscheln blasend, gleiten die Ungeheuer des Meers
auf die Rücken der Wellen, sie reiten und schlagen
mit blanken Säbeln die Tage in Stücke, eine rote Spur
bleibt im Wasser, dort legt dich der Schlaf hin,
auf den Rest deiner Stunden,
und dir schwinden die Sinne.

Da ist etwas mit den Tauen geschehen,
man ruft dich, und du bist froh,
daß man dich braucht. Das Beste
ist die Arbeit auf den Schiffen,
die weithin fahren,
das Tauknüpfen, das Wasserschöpfen,
das Wändedichten und das Hüten der Fracht.
Das Beste ist, müde zu sein und am Abend
hinzufallen. Das Beste ist, am Morgen,
mit dem ersten Licht, hell zu werden,
gegen den unverrückbaren Himmel zu stehen,
der ungangbaren Wasser nicht zu achten
und das Schiff über die Wellen zu heben,
auf das immerwiederkehrende Sonnenufer zu.

Abschied von England

Ich habe deinen Boden kaum betreten,
schweigsames Land, kaum einen Stein berührt,
ich war von deinem Himmel so hoch gehoben,
so in Wolken, Dunst und in noch Ferneres gestellt,
daß ich dich schon verließ,
als ich vor Anker ging.

Du hast meine Augen geschlossen
mit Meerhauch und Eichenblatt,
von meinen Tränen begossen,
hieltst du die Gräser satt;
aus meinen Träumen gelöst,
wagten sich Sonnen heran,
doch alles war wieder fort,
wenn dein Tag begann.
Alles blieb ungesagt.

Durch die Straßen flatterten die großen grauen Vögel
und wiesen mich aus.
War ich je hier?

Ich wollte nicht gesehen werden.

Meine Augen sind offen.
Meerhauch und Eichenblatt?
Unter den Schlangen des Meers
seh ich, an deiner Statt,
das Land meiner Seele erliegen.

Ich habe seinen Boden nie betreten.

Fall ab, Herz

Fall ab, Herz, vom Baum der Zeit,
fallt, ihr Blätter, aus den erkalteten Ästen,
die einst die Sonne umarmt',
fallt, wie Tränen fallen aus dem geweiteten Aug!

Fliegt noch die Locke taglang im Wind
um des Landgotts gebräunte Stirn,
unter dem Hemd preßt die Faust
schon die klaffende Wunde.

Drum sei hart, wenn der zarte Rücken der Wolken
sich dir einmal noch beugt,
nimm es für nichts, wenn der Hymettos die Waben
noch einmal dir füllt.

Denn wenig gilt dem Landmann ein Halm in der Dürre,
wenig ein Sommer vor unserem großen Geschlecht.

Und was bezeugt schon dein Herz?
Zwischen gestern und morgen schwingt es,
lautlos und fremd,
und was es schlägt,
ist schon sein Fall aus der Zeit.

Dunkles zu sagen

Wie Orpheus spiel ich
auf den Saiten des Lebens den Tod
und in die Schönheit der Erde
und deiner Augen, die den Himmel verwalten,
weiß ich nur Dunkles zu sagen.

Vergiß nicht, daß auch du, plötzlich,
an jenem Morgen, als dein Lager
noch naß war von Tau und die Nelke
an deinem Herzen schlief,
den dunklen Fluß sahst,
der an dir vorbeizog.

Die Saite des Schweigens
gespannt auf die Welle von Blut,
griff ich dein tönendes Herz.
Verwandelt ward deine Locke
ins Schattenhaar der Nacht,
der Finsternis schwarze Flocken
beschneiten dein Antlitz.

Und ich gehör dir nicht zu.
Beide klagen wir nun.

Aber wie Orpheus weiß ich
auf der Seite des Todes das Leben,
und mir blaut
dein für immer geschlossenes Aug.

Paris

Aufs Rad der Nacht geflochten
schlafen die Verlorenen
in den donnernden Gängen unten,
doch wo wir sind, ist Licht.

Wir haben die Arme voll Blumen,
Mimosen aus vielen Jahren;
Goldnes fällt von Brücke zu Brücke
atemlos in den Fluß.

Kalt ist das Licht,
noch kälter der Stein vor dem Tor,
und die Schalen der Brunnen
sind schon zur Hälfte geleert.

Was wird sein, wenn wir, vom Heimweh
benommen bis ans fliehende Haar,
hier bleiben und fragen: was wird sein,
wenn wir die Schönheit bestehen?

Auf den Wagen des Lichts gehoben,
wachend auch, sind wir verloren,
auf den Straßen der Genien oben,
doch wo wir nicht sind, ist Nacht.

Die große Fracht

Die große Fracht des Sommers ist verladen,
das Sonnenschiff im Hafen liegt bereit,
wenn hinter dir die Möwe stürzt und schreit.
Die große Fracht des Sommers ist verladen.

Das Sonnenschiff im Hafen liegt bereit,
und auf die Lippen der Galionsfiguren
tritt unverhüllt das Lächeln der Lemuren.
Das Sonnenschiff im Hafen liegt bereit.

Wenn hinter dir die Möwe stürzt und schreit,
kommt aus dem Westen der Befehl zu sinken;
doch offnen Augs wirst du im Licht ertrinken,
wenn hinter dir die Möwe stürzt und schreit.

Reigen

Reigen – die Liebe hält manchmal
im Löschen der Augen ein,
und wir sehen in ihre eignen
erloschenen Augen hinein.

Kalter Rauch aus dem Krater
haucht unsre Wimpern an;
es hielt die schreckliche Leere
nur einmal den Atem an.

Wir haben die toten Augen
gesehn und vergessen nie.
Die Liebe währt am längsten
und sie erkennt uns nie.

Herbstmanöver

Ich sage nicht: das war gestern. Mit wertlosem
Sommergeld in den Taschen liegen wir wieder
auf der Spreu des Hohns, im Herbstmanöver der Zeit.
Und der Fluchtweg nach Süden kommt uns nicht,
wie den Vögeln, zustatten. Vorüber, am Abend,
ziehen Fischkutter und Gondeln, und manchmal
trifft mich ein Splitter traumsatten Marmors,
wo ich verwundbar bin, durch Schönheit, im Aug.

In den Zeitungen lese ich viel von der Kälte
und ihren Folgen, von Törichten und Toten,
von Vertriebenen, Mördern und Myriaden
von Eisschollen, aber wenig, was mir behagt.
Warum auch? Vor dem Bettler, der mittags kommt,
schlag ich die Tür zu, denn es ist Frieden
und man kann sich den Anblick ersparen, aber nicht
im Regen das freudlose Sterben der Blätter.

Laßt uns eine Reise tun! Laßt uns unter Zypressen
oder auch unter Palmen oder in den Orangenhainen
zu verbilligten Preisen Sonnenuntergänge sehen,
die nicht ihresgleichen haben! Laßt uns die
unbeantworteten Briefe an das Gestern vergessen!
Die Zeit tut Wunder. Kommt sie uns aber unrecht,
mit dem Pochen der Schuld: wir sind nicht zu Hause.
Im Keller des Herzens, schlaflos, find ich mich wieder
auf der Spreu des Hohns, im Herbstmanöver der Zeit.

Die gestundete Zeit

Es kommen härtere Tage.
Die auf Widerruf gestundete Zeit
wird sichtbar am Horizont.
Bald mußt du den Schuh schnüren
und die Hunde zurückjagen in die Marschhöfe.
Denn die Eingeweide der Fische
sind kalt geworden im Wind.
Ärmlich brennt das Licht der Lupinen.
Dein Blick spurt im Nebel:
die auf Widerruf gestundete Zeit
wird sichtbar am Horizont.

Drüben versinkt dir die Geliebte im Sand,
er steigt um ihr wehendes Haar,
er fällt ihr ins Wort,
er befiehlt ihr zu schweigen,
er findet sie sterblich
und willig dem Abschied
nach jeder Umarmung.

Sieh dich nicht um.
Schnür deinen Schuh.
Jag die Hunde zurück.
Wirf die Fische ins Meer.
Lösch die Lupinen!

Es kommen härtere Tage.

II

Sterne im März

Noch ist die Aussaat weit. Auf treten
Vorfelder im Regen und Sterne im März.
In die Formel unfruchtbarer Gedanken
fügt sich das Universum nach dem Beispiel
des Lichts, das nicht an den Schnee rührt.

Unter dem Schnee wird auch Staub sein
und, was nicht zerfiel, des Staubes
spätere Nahrung. O Wind, der anhebt!
Wieder reißen Pflüge das Dunkel auf.
Die Tage wollen länger werden.

An langen Tagen sät man uns ungefragt
in jene krummen und geraden Linien,
und Sterne treten ab. Auf den Feldern
gedeihen oder verderben wir wahllos,
gefügig dem Regen und zuletzt auch dem Licht.

Im Zwielicht

Wieder legen wir beide die Hände ins Feuer,
du für den Wein der lange gelagerten Nacht,
ich für den Morgenquell, der die Kelter nicht kennt.
Es harrt der Blasbalg des Meisters, dem wir vertrauen.

Wie die Sorge ihn wärmt, tritt der Bläser hinzu.
Er geht, eh es tagt, er kommt, eh du rufst, er ist alt
wie das Zwielicht auf unsren schütteren Brauen.

Wieder kocht er das Blei im Kessel der Tränen,
dir für ein Glas – es gilt, das Versäumte zu feiern –
mir für den Scherben voll Rauch – der wird überm Feuer
geleert.
So stoß ich zu dir und bringe die Schatten zum Klingen.

Erkannt ist, wer jetzt zögert,
erkannt, wer den Spruch vergaß.
Du kannst und willst ihn nicht wissen,
du trinkst vom Rand, wo es kühl ist
und wie vorzeiten, du trinkst und bleibst nüchtern,
dir wachsen noch Brauen, dir sieht man noch zu!

Ich aber bin schon des Augenblicks
gewärtig in Liebe, mir fällt der Scherben
ins Feuer, mir wird er zum Blei,
das er war. Und hinter der Kugel
steh ich, einäugig, zielsicher, schmal,
und schick sie dem Morgen entgegen.

Holz und Späne

Von den Hornissen will ich schweigen,
denn sie sind leicht zu erkennen.
Auch die laufenden Revolutionen
sind nicht gefährlich.
Der Tod im Gefolge des Lärms
ist beschlossen von jeher.

Doch vor den Eintagsfliegen und den Frauen
nimm dich in acht, vor den Sonntagsjägern,
den Kosmetikern, den Unentschiedenen, Wohlmeinenden,
von keiner Verachtung getroffnen.

Aus den Wäldern trugen wir Reisig und Stämme,
und die Sonne ging uns lange nicht auf.
Berauscht vom Papier am Fließband,
erkenn ich die Zweige nicht wieder,
noch das Moos, in dunkleren Tinten gegoren,
noch das Wort, in die Rinden geschnitten,
wahr und vermessen.

Blätterverschleiß, Spruchbänder,
schwarze Plakate . . . Bei Tag und bei Nacht
bebt, unter diesen und jenen Sternen,
die Maschine des Glaubens. Aber ins Holz,
solang es noch grün ist, und mit der Galle,
solang sie noch bitter ist, bin ich
zu schreiben gewillt, was im Anfang war!

Seht zu, daß ihr wachbleibt!

Der Spur der Späne, die flogen, folgt
der Hornissenschwarm, und am Brunnen
sträubt sich der Lockung,
die uns einst schwächte,
das Haar.

Thema und Variation

In diesem Sommer blieb der Honig aus.
Die Königinnen zogen Schwärme fort,
der Erdbeerschlag war über Tag verdorrt,
die Beerensammler kehrten früh nach Haus.

Die ganze Süße trug ein Strahl des Lichts
in einen Schlaf. Wer schlief ihn vor der Zeit?
Honig und Beeren? Der ist ohne Leid,
dem alles zukommt. Und es fehlt ihm nichts.

Und es fehlt ihm nichts, nur ein wenig,
um zu ruhen oder um aufrecht zu stehen.
Höhlen beugten ihn tief und Schatten,
denn kein Land nahm ihn auf.
Selbst in den Bergen war er nicht sicher
– ein Partisan, den die Welt abgab
an ihren toten Trabanten, den Mond.

Der ist ohne Leid, dem alles zukommt,
und was kam ihm nicht zu? Die Kohorte
der Käfer schlug sich in seiner Hand, Brände
häuften Narben in seinem Gesicht und die Quelle
trat als Chimäre vor sein Aug,
wo sie nicht war.

Honig und Beeren?
Hätte er je den Geruch gekannt, er wär ihm längst
gefolgt!

Nachtwandlerischer Schlaf im Gehen,
wer schlief ihn vor der Zeit?
Einer, der alt geboren wurde
und früh ins Dunkel muß.
Die ganze Süße trug ein Strahl des Lichts
an ihm vorbei.

Er spie ins Unterholz den Fluch,
der Dürre bringt, er schrie
und ward erhört:
die Beerensammler kehrten früh nach Haus!
Als sich die Wurzel hob
und ihnen pfeifend nachglitt,
blieb eine Schlangenhaut des Baumes letzte Hut.
Der Erdbeerschlag war über Tag verdorrt.

Unten im Dorf standen die Eimer leer
und trommelreif im Hof.
So schlug die Sonne zu
und wirbelte den Tod.

Die Fenster fielen zu,
die Königinnen zogen Schwärme fort,
und keiner hinderte sie, fortzufliegen.
Die Wildnis nahm sie auf,
der hohle Baum im Farn
den ersten freien Staat.
Den letzten Menschen traf
ein Stachel ohne Schmerz.

In diesem Sommer blieb der Honig aus.

Früher Mittag

Still grünt die Linde im eröffneten Sommer,
weit aus den Städten gerückt, flirrt
der mattglänzende Tagmond. Schon ist Mittag,
schon regt sich im Brunnen der Strahl,
schon hebt sich unter den Scherben
des Märchenvogels geschundener Flügel,
und die vom Steinwurf entstellte Hand
sinkt ins erwachende Korn.

Wo Deutschlands Himmel die Erde schwärzt,
sucht sein enthaupteter Engel ein Grab für den Haß
und reicht dir die Schüssel des Herzens.

Eine Handvoll Schmerz verliert sich über den Hügel.

Sieben Jahre später
fällt es dir wieder ein,
am Brunnen vor dem Tore,
blick nicht zu tief hinein,
die Augen gehen dir über.

Sieben Jahre später,
in einem Totenhaus,
trinken die Henker von gestern
den goldenen Becher aus.
Die Augen täten dir sinken.

Schon ist Mittag, in der Asche
krümmt sich das Eisen, auf den Dorn
ist die Fahne gehißt, und auf den Felsen
uralten Traums bleibt fortan
der Adler geschmiedet.

Nur die Hoffnung kauert erblindet im Licht.

Lös ihr die Fessel, führ sie
die Halde herab, leg ihr
die Hand auf das Aug, daß sie
kein Schatten versengt!

Wo Deutschlands Erde den Himmel schwärzt,
sucht die Wolke nach Worten und füllt den Krater mit
Schweigen,
eh sie der Sommer im schütteren Regen vernimmt.

Das Unsägliche geht, leise gesagt, übers Land:
schon ist Mittag.

Alle Tage

Der Krieg wird nicht mehr erklärt,
sondern fortgesetzt. Das Unerhörte
ist alltäglich geworden. Der Held
bleibt den Kämpfen fern. Der Schwache
ist in die Feuerzonen gerückt.
Die Uniform des Tages ist die Geduld,
die Auszeichnung der armselige Stern
der Hoffnung über dem Herzen.

Er wird verliehen,
wenn nichts mehr geschieht,
wenn das Trommelfeuer verstummt,
wenn der Feind unsichtbar geworden ist
und der Schatten ewiger Rüstung
den Himmel bedeckt.

Er wird verliehen
für die Flucht von den Fahnen,
für die Tapferkeit vor dem Freund,
für den Verrat unwürdiger Geheimnisse
und die Nichtachtung
jeglichen Befehls.

Einem Feldherrn

Wenn jenes Geschäft im Namen der Ehre
ergrauter und erblindeter Völker
wieder zustande kommt, wirst du
ein Handlanger sein und dienstbar
unsren Gemarkungen, da du's verstehst,
sie einzufrieden mit Blut.
Voraus in den Büchern schattet
dein Name, und es verleitet
sein Anflug den Lorbeer zum Wuchs.

Wie wir's verstehen: opfre keinem vor dir
und rufe auch Gott nicht an. (Verlangte ihn je
teilzuhaben an deiner Beute? War er je
ein Parteigänger deiner Hoffnungen?)

Eins sollst du wissen:
erst wenn du nicht mehr versuchst,
wie viele vor dir, mit dem Degen
den unteilbaren Himmel zu trennen,
treibt der Lorbeer ein Blatt.
Erst wenn du mit einem ungeheuren Zweifel
dein Glück aus dem Sattel hebst und selbst
aufspringst, verheiß ich dir Sieg!

Denn du errangst ihn nicht damals,
als dein Glück für dich siegte;
zwar sanken die Fahnen des Feindes
und Waffen fielen dir zu
und Früchte aus Gärten,
die ein andrer bebaute.

Wo am Horizont der Weg deines Glücks
und der Weg deines Unglücks
in eins verlaufen, richte die Schlacht.
Wo es dunkelt und die Soldaten schlafen,
wo sie dir fluchten und von dir
verflucht wurden, richte den Tod.

Du wirst fallen
vom Berg ins Tal, mit den reißenden Gewässern
in die Schluchten, auf den Grund der Fruchtbarkeit,
in die Samen der Erde, dann in die Minen von Gold,
in den Fluß des Erzes, aus dem die Standbilder
der Großen gehämmert werden, in die tiefen Bezirke
des Vergessens, Millionen Klafter von dort,
und in die Bergwerke des Traums.
Zuletzt aber in das Feuer.

Dort reicht dir der Lorbeer ein Blatt.

Botschaft

Aus der leichenwarmen Vorhalle des Himmels tritt die Sonne.
Es sind dort nicht die Unsterblichen,
sondern die Gefallenen, vernehmen wir.

Und Glanz kehrt sich nicht an Verwesung. Unsere Gottheit,
die Geschichte, hat uns ein Grab bestellt,
aus dem es keine Auferstehung gibt.

III

Die Brücken

Straffer zieht der Wind das Band vor den Brücken

An den Traversen zerrieb
der Himmel sein dunkelstes Blau.
Hüben und drüben wechseln
im Licht unsre Schatten.

Pont Mirabeau . . . Waterloobridge . . .
Wie ertragen's die Namen,
die Namenlosen zu tragen?

Von den Verlornen gerührt,
die der Glaube nicht trug,
erwachen die Trommeln im Fluß.

Einsam sind alle Brücken,
und der Ruhm ist ihnen gefährlich
wie uns, vermeinen wir doch,
die Schritte der Sterne
auf unserer Schulter zu spüren.
Doch übers Gefälle des Vergänglichen
wölbt uns kein Traum.

Besser ist's, im Auftrag der Ufer
zu leben, von einem zum andern,
und tagsüber zu wachen,
daß das Band der Berufene trennt.
Denn er erreicht die Schere der Sonne
im Nebel, und wenn sie ihn blendet,
umfängt ihn der Nebel im Fall.

Nachtflug

Unser Acker ist der Himmel,
im Schweiß der Motoren bestellt,
angesichts der Nacht,
unter Einsatz des Traums –

geträumt auf Schädelstätten und Scheiterhaufen,
unter dem Dach der Welt, dessen Ziegel
der Wind forttrug – und nun Regen, Regen, Regen
in unserem Haus und in den Mühlen
die blinden Flüge der Fledermäuse.
Wer wohnte dort? Wessen Hände waren rein?
Wer leuchtete in der Nacht,
Gespenst den Gespenstern?

Im Stahlgefieder geborgen, verhören
Instrumente den Raum, Kontrolluhren und Skalen
das Wolkengesträuch, und es streift die Liebe
unsres Herzens vergessene Sprache:
kurz und lang lang ... Für eine Stunde
rührt Hagel die Trommel des Ohrs,
das, uns abgeneigt, lauscht und verwindet.

Nicht untergegangen sind Sonne und Erde,
nur als Gestirne gewandert und nicht zu erkennen.

Wir sind aufgestiegen von einem Hafen,
wo Wiederkehr nicht zählt
und nicht Fracht und nicht Fang.
Indiens Gewürze und Seiden aus Japan
gehören den Händlern
wie die Fische den Netzen.

Doch ein Geruch ist zu spüren,
vorlaufend den Kometen,
und das Gewebe der Luft,
von gefallnen Kometen zerrissen.
Nenn's den Status der Einsamen,
in dem sich das Staunen vollzieht.
Nichts weiter.

Wir sind aufgestiegen, und die Klöster sind leer,
seit wir dulden, ein Orden, der nicht heilt und nicht lehrt.
Zu handeln ist nicht Sache der Piloten. Sie haben
Stützpunkte im Aug und auf den Knien ausgebreitet
die Landkarte einer Welt, der nichts hinzuzufügen ist.

Wer lebt dort unten? Wer weint . . .
Wer verliert den Schlüssel zum Haus?
Wer findet sein Bett nicht, wer schläft
auf den Schwellen? Wer, wenn der Morgen kommt,
wagt's, den Silberstreifen zu deuten: seht, über mir . . .
Wenn das Wasser von neuem ins Mühlrad greift,
wer wagt's, sich der Nacht zu erinnern?

Psalm

1

Schweigt mit mir, wie alle Glocken schweigen!

In der Nachgeburt der Schrecken
sucht das Geschmeiß nach neuer Nahrung.
Zur Ansicht hängt karfreitags eine Hand
am Firmament, zwei Finger fehlen ihr,
sie kann nicht schwören, daß alles,
alles nicht gewesen sei und nichts
sein wird. Sie taucht ins Wolkenrot,
entrückt die neuen Mörder
und geht frei.

Nachts auf dieser Erde
in Fenster greifen, die Linnen zurückschlagen,
daß der Kranken Heimlichkeit bloßliegt,
ein Geschwür voll Nahrung, unendliche Schmerzen
für jeden Geschmack.

Die Metzger halten, behandschuht,
den Atem der Entblößten an,
der Mond in der Tür fällt zu Boden,
laß die Scherben liegen, den Henkel . . .

Alles war gerichtet für die letzte Ölung.
(Das Sakrament kann nicht vollzogen werden.)

2

Wie eitel alles ist.
Wälze eine Stadt heran,
erhebe dich aus dem Staub dieser Stadt,
übernimm ein Amt
und verstelle dich,
um der Bloßstellung zu entgehen.

Löse die Versprechen ein
vor einem blinden Spiegel in der Luft,
vor einer verschlossenen Tür im Wind.

Unbegangen sind die Wege auf der Steilwand des Himmels.

3

O Augen, an dem Sonnenspeicher Erde verbrannt,
mit der Regenlast aller Augen beladen,
und jetzt versponnen, verwebt
von den tragischen Spinnen
der Gegenwart . . .

4

In die Mulde meiner Stummheit
leg ein Wort
und zieh Wälder groß zu beiden Seiten,
daß mein Mund
ganz im Schatten liegt.

Im Gewitter der Rosen

Wohin wir uns wenden im Gewitter der Rosen,
ist die Nacht von Dornen erhellt, und der Donner
des Laubs, das so leise war in den Büschen,
folgt uns jetzt auf dem Fuß.

Salz und Brot

Nun schickt der Wind die Schienen voraus,
wir werden folgen in langsamen Zügen
und diese Inseln bewohnen,
Vertrauen gegen Vertrauen.

In die Hand meines ältesten Freunds leg ich
mein Amt zurück; es verwaltet der Regenmann
jetzt mein finsteres Haus und ergänzt
im Schuldbuch die Linien, die ich zog,
seit ich seltener blieb.

Du, im fieberweißen Ornat,
holst die Verbannten ein und reißt
aus dem Fleisch der Kakteen einen Stachel
– das Zeichen der Ohnmacht,
dem wir uns willenlos beugen.

Wir wissen,
daß wir des Kontinentes Gefangene bleiben
und seinen Kränkungen wieder verfallen,
und die Gezeiten der Wahrheit
werden nicht seltener sein.

Schläft doch im Felsen
der wenig erleuchtete Schädel,
die Kralle hängt in der Kralle
im dunklen Gestein, und verheilt
sind die Stigmen am Violett des Vulkans.

Von den großen Gewittern des Lichts
hat keines die Leben erreicht.

So nehm ich vom Salz,
wenn uns das Meer übersteigt,
und kehre zurück
und legs auf die Schwelle
und trete ins Haus.

Wir teilen ein Brot mit dem Regen,
ein Brot, eine Schuld und ein Haus.

Große Landschaft bei Wien

Geister der Ebene, Geister des wachsenden Stroms,
zu unsrem Ende gerufen, haltet nicht vor der Stadt!
Nehmt auch mit euch, was vom Wein überhing
auf brüchigen Rändern, und führt an ein Rinnsal,
wen nach Ausweg verlangt, und öffnet die Steppen!

Drüben verkümmert das nackte Gelenk eines Baums,
ein Schwungrad springt ein, aus dem Feld schlagen
die Bohrtürme den Frühling, Statuenwäldern weicht
der verworfene Torso des Grüns, und es wacht
die Iris des Öls über den Brunnen im Land.

Was liegt daran? Wir spielen die Tänze nicht mehr.
Nach langer Pause: Dissonanzen gelichtet, wenig cantabile.
(Und ihren Atem spür ich nicht mehr auf den Wangen!)
Still stehn die Räder. Durch Staub und Wolkenspreu
schleift den Mantel, der unsre Liebe deckte, das Riesenrad.

Nirgends gewährt man, wie hier, vor den ersten Küssen
die letzten. Es gilt, mit dem Nachklang im Mund
weiterzugehn und zu schweigen. Wo der Kranich
im Schilf der flachen Gewässer seinen Bogen vollendet,
tönender als die Welle, schlägt ihm die Stunde im Rohr.

Asiens Atem ist jenseits.

Rhythmischer Aufgang von Saaten, reifer Kulturen
Ernten vorm Untergang, sind sie verbrieft, so weiß ichs
dem Wind noch zu sagen. Hinter der Böschung
trübt weicheres Wasser das Aug, und es will
mich noch anfallen trunkenes Limesgefühl;

unter den Pappeln am Römerstein grab ich
nach dem Schauplatz vielvölkriger Trauer,
nach dem Lächeln Ja und dem Lächeln Nein.

Alles Leben ist abgewandert in Baukästen,
neue Not mildert man sanitär, in den Alleen
blüht die Kastanie duftlos, Kerzenrauch
kostet die Luft nicht wieder, über der Brüstung
im Park weht so einsam das Haar, im Wasser
sinken die Bälle, vorbei an der Kinderhand
bis auf den Grund, und es begegnet
das tote Auge dem blauen, das es einst war.

Wunder des Unglaubens sind ohne Zahl.
Besteht ein Herz darauf, ein Herz zu sein?
Träum, daß du rein bist, heb die Hand zum Schwur,
träum dein Geschlecht, das dich besiegt, träum
und wehr dennoch mystischer Abkehr im Protest.
Mit einer andern Hand gelingen Zahlen
und Analysen, die dich entzaubern.
Was dich trennt, bist du. Verström,
komm wissend wieder, in neuer Abschiedsgestalt.

Dem Orkan voraus fliegt die Sonne nach Westen,
zweitausend Jahre sind um, und uns wird nichts bleiben.
Es hebt der Wind Barockgirlanden auf,
es fällt von den Stiegen das Puttengesicht,
es stürzen Basteien in dämmernde Höfe,
von den Kommoden die Masken und Kränze . . .

Nur auf dem Platz im Mittagslicht, mit der Kette
am Säulenfuß und dem vergänglichsten Augenblick
geneigt und der Schönheit verfallen, sag ich mich los
von der Zeit, ein Geist unter Geistern, die kommen.

Maria am Gestade –
das Schiff ist leer, der Stein ist blind,
gerettet ist keiner, getroffen sind viele,
das Öl will nicht brennen, wir haben
alle davon getrunken – wo bleibt
dein ewiges Licht?

So sind auch die Fische tot und treiben
den schwarzen Meeren zu, die uns erwarten.
Wir aber mündeten längst, vom Sog
anderer Ströme ergriffen, wo die Welt
ausblieb und wenig Heiterkeit war.
Die Türme der Ebene rühmen uns nach,
daß wir willenlos kamen und auf den Stufen
der Schwermut fielen und tiefer fielen,
mit dem scharfen Gehör für den Fall.

Ein Monolog des Fürsten Myschkin zu der Ballettpantomime ›Der Idiot‹

Mit puppenhaften Schritten treten die Personen des Spiels – Parfion Rogoschin, Nastassia Filipowna, Totzki, Ganja Iwolgin, General Epantschin und Aglaja – auf. Die Pantomime endet mit dem Schlußtakt der Intrada, und Fürst Myschkin tritt in die Mitte der Szene. Er spricht den ganzen Monolog ohne Musik.

Ich habe das Wort, ich nahm's
aus der Hand der Trauer,
unwürdig, denn wie sollte ich
würdiger sein als einer der andern –
selbst ein Gefäß für jene Wolke,
die vom Himmel fiel und in uns tauchte,
schrecklich und fremd
und teilhaft der Schönheit
und jeder Verächtlichkeit dieser Welt.

(O Qual der Helle, Qual
des Fiebers, nah an anderen Fiebern,
unsrer gerechten Krankheit
gemeinsamer Schmerz!)

Laß den stummen Zug durch mein Herz gehen,
bis es dunkel wird
und, was mich erleuchtet,
wieder zurückgegeben ist
an das Dunkel.

Wahrhaftig, weil dieser Schmerz
in euch ist, tut ihr,

was ihr für euer Leben tut,
nicht für euer Leben,
und was ihr zu eurer Ehre tut,
geschieht nicht zu eurer Ehre.

In der Dämonen Gelächter gebrannt,
bodenlos, sind die Schalen
dieses glücklosen Lebens,
das bis zum Rand uns bedenkt.
Trifft eine die andre, so klingen
sie nicht, denn kein Einhalt
ist den Tränen geboten, sprachlos
stürzen sie ab, von Grund
zu Grund, und es verweigert
der letzte, in den sie vergehn,
sich immer unsrem Gehör.
O Stummheit der Liebe!

Jetzt nimmt er jede Person, die er nennt, an der Hand.

Parfion Rogoschin, der Kaufmannssohn,
weiß nichts von einer Million.
In den Winternächten hält sein Gespann
vor den käuflichen Straßen der Welt
und kann sie nicht fahren.
Er schüttet sein Geld in den Schnee,
denn der Schnee ist das Maß

deiner Wangen, Nastassia Filipowna,
dein Name ist eine gefährliche Kurve
in jedem Mund, sie sagen, am Schnee
nähmst du das Maß für deine Wangen,
in deinem Haar wohnten die Winde,
(ich sage nicht: sie sind launisch),
dein Aug sei ein Hohlweg,

in dem ihre Wagen stürzen,
es zählt sie der Schnee, und vom Schnee
erhältst du das Maß
für deine Wangen.

Totzki – dies ist wohl zuviel,
eh man zur Ruhe geht: eines Kindes Augenblick
in den Armen war die Vergangenheit, und jetzt
ist die Zeit von Blicken, die Zeit
von Lippen über euch beide gekommen.

Ganja Iwolgin, wenn ein Band zwischen allen
gesponnen ist,
werden deine Hände die Knoten sein,
die es spannen,
denn du lächelst nicht gut.
Du forderst zu viel für dich
und verlangst zu wenig von dir.
Dich gängelt nur ein Verlangen:
die Wagen stürzen zu sehn,
in denen die anderen fahren,
eh du selbst unter Rädern verendest.

General Epantschin – es sind nicht Zufälle,
die uns in die Nähe derer führen, die wir meiden.
Wie wir uns in den Kindern entgleiten,
gleiten wir uneingestandenen Wünschen nach
und halten vor fremden Türen als Hüter,
die wir uns selbst so wenig zu hüten vermögen.

Was aber entglitt? Der weiße,
erkaltete Traum einer Jugend,
die nicht Nachsicht verlangt?

Vollkommenes also? Und Schönheit
in solcher Gestalt, daß wir uns
mit ihrem Rätsel begnügen? Aglaja,
so werde ich in dir nichts sehen
als die Botschaft einer Welt,
in die ich nicht eintreten,
ein Versprechen, das ich nicht halten,
und einen Besitz, den ich nicht wahren kann.

Er wendet sich um und steht mit dem Gesicht zum Publikum.

Erwacht zum Leben im Schein,
von Planeten verführt,
die von uns Ausdruck verlangen,
seh ich zur grenzenlosen Musik
die Bewegung der Stummen.

Hier münden seine Worte in einen marionettenhaft starren Tanz.

Unsere Schritte sind nur die wenig
genauen Anschläge weniger Töne,
die uns erreichen.

In den Tanz, der die Einsamkeit jedes einzelnen zum Ausdruck bringen soll, wird auch Myschkin hineingezogen.

Ein Interieur, das die Atmosphäre einer Zirkusarena schafft. Nastassia gängelt Totzki, Ganja und den General an weißen Bändern und spielt in einem tragischen, gewagten, gefährlichen Tanz ihre Macht über die drei Männer aus. Dann erscheint Rogoschin, und Nastassia dreht sich an den Männern vorbei. Ihr Kostüm fällt stückweise von ihr ab, so daß sie zuletzt, nur mit einem weißen Trikot bekleidet, unter einer goldenen Kugel steht. Sie hebt eine Hand zum Ball und reicht die andere Rogoschin, der abwartend abseits gestanden ist. In diesem Augenblick tritt Myschkin auf sie zu.

Halt ein! Dich beschwör ich,
Gesicht der einzigen Liebe,
bleib hell und schlag mit den Wimpern
das Auge zur Welt zu, bleib schön,
Gesicht der einzigen Liebe,
und heb deine Stirn
aus dem Wetterleuchten der Zweifel.
Deine Küsse werden sie teilen,
dich entstellen im Schlaf,
wenn du nach Spiegeln blickst,
in denen du jedem gehörst!

Myschkin führt Nastassia zur Vorderbühne und steigt mit ihr in ein Trapez, das aus dem Schnürboden herabgelassen wurde. Während die beiden langsam in die Höhe schweben, erklingen nur wenige Takte einer sehr zarten Musik.

Sei wahr und gib dem Schnee die Jahre zurück,
nimm Maß an dir selbst und laß die Flocken
dich nur von ungefähr streifen.

Auch dies ist die Welt:
ein früher Stern, den wir als Kinder
bewohnen; verteilt an die Brunnen
als Inhalt und Regen der Stunden,
als Vorrat von heiterer Zeit.
Auch dies ist schon Geist, eines armen
fröhlichen Spiels Einerlei, die Schaukel
im Wind und ein Lachen oben und unten;
dies ist das Ziel, von uns selbst
nicht besessen zu sein
und jedes Ziel zu verfehlen;
und auch dies ist Musik,
mit einem törichten Ton,
immer demselben,
einem Lied nachzugehen,
das uns ein spätres verspricht.

Fall nicht in den Tumult des Orchesters,
in dem die Welt sich verspielt.
Du stürzt, wenn du jetzt deinen Bogen
vergibst, und redest mit deinem Fleisch
eine vergängliche Sprache.

Doch Nastassia gleitet vom Trapez in Rogoschins Arme.

Vor einer riesigen roten Ikone steht eine Leiter, auf der Myschkin sitzt. Rogoschin liegt rücklings auf einer Pritsche, hört mit zunehmender Spannung der Erzählung Myschkins zu und beobachtet erregt, wie Myschkin langsam von der Leiter heruntersteigt.

Jedem meiner Augenblicke zähle ich einen fremden
Augenblick zu, den Augenblick eines Menschen,
den ich in mir verborgen trage zu jeder Zeit,
und sein Gesicht in diesem Augenblick,
das ich nie vergessen werde, mein Leben lang nicht.

(Kein Gesicht, das abends von innen reift!)
Bedeckt vom Reif einer Kerkernacht
und frostgrün, weht es dem Morgen entgegen,
mit dem Gitter über den Augen, die doch dem Himmel
einmal aufgetan waren.

Durch die kalten Gänge der Glieder verläßt den Gefangenen
der Schlaf.
Die Schritte des Wärters hallen in seiner Brust.
Ein Schlüssel sperrt seinen Seufzern auf.

Weil er keine Worte hat,
weil keiner ihn versteht,
bringt man ihm Fleisch und Wein
und übt Nächstenliebe an ihm.

Er aber, versunken
in die Zeremonien des Ankleidens,
kann Wohltaten nicht begreifen,
auch nichts von der Vermessenheit
dessen, was befohlen ist.

Es beginnt ja ein langes Leben,
wenn die Tür aufgeht und offen bleibt,
wenn die Straßen in Straßen
münden und das Gefälle der Stimmen
des ganzen Volkes ihn hinunterträgt
an die Gestade des Blutmeers,
das von den verbrecherischen
Gerichten der ganzen Welt
mit Todesurteilen
gespeist wird.

Nun ist aber eine Gemeinsamkeit zwischen uns
und dem Urteil, das auch sagt, daß dieser Mann
mit einem vollkommen wahren Gesicht zu der einen
Wahrheit kommt, eh er den Kopf
genau auf das Brett legt
(obwohl sein Gesicht
weiß ist und ohne Bewegung,
und die Gedanken, die er denken mag,
sind vielleicht ohne Bedeutung, er sieht
nur den rostigen Knopf an der Jacke
des Scharfrichters).

Eine Gemeinsamkeit ist auch zwischen uns
und dem Verurteilten, da er uns zu überzeugen vermag,
daß dem Mord, den wir bereiten,
und dem Mord, der für uns bereitet wird,
die Wahrheit vorangeht.
Und es liegt einer vor mir,
und ich stehe vor einem
mit allen Möglichkeiten zu dieser Wahrheit
und mit dem Mut zu ihrem Leben
und zu unserem Tode.

Doch in meiner Sterblichkeit
kann ich nichts lehren
und könnt' ich's, so selbst
nur in dem Augenblick, von dem ich spreche,
und ich hätte in diesem Augenblick
nichts mehr zu sagen.

Jetzt springt Rogoschin auf und wirft Myschkin, der gegen Ende der Erzählung die unterste Sprosse erreicht hat, zu Boden. Es erklingt wieder die sehr zarte Musik. Verwandelt geht Rogoschin auf Myschkin zu, hebt ihn auf und hält ihn in den Armen. Sie tauschen ihre Kreuze.

Auf der leeren schwarzen Bühne ist in ganz dünnen, weißen Umrissen ein schloßartiges Haus aufgebaut. Durch das Haus ist eine gleichfalls weiße Ballettstange gezogen, an der Aglaja, in ein blendend weißes Tutu gekleidet, steht. Myschkin, der die Variation auf Puschkins Ballade vom armen Ritter auf der Vorderbühne mit dem Gesicht zum Publikum spricht, dreht sich zu Aglaja kein einziges Mal um, die jedes Mal, wenn der Text von der Musik – einem Ritornell – unterbrochen wird, an der Ballettstange ein kristallklares Ballettexercise vollbringt. Die Szene beginnt mit Musik.

Bürgschaft übernehm ich für einen,
der auf dieser Welt lebte vor langer Zeit
und als sonderbar galt, einen Ritter,
aber wie nenn ich ihn heute,
da's kein Verdienst ist, in Armut
und nicht auf Schlössern zu leben?

Sorglos kleidete er sich in die Tage,
bis einer um seine Schultern
franste und ihm ein Licht
auflud, in dessen Umkreis
die Scham nicht geduldet war
und der endliche Friede der Langmut.

Die den Krieg verdammen, sind auserwählt,
zu kämpfen in diesem Licht.
Sie streuen das Korn
auf die toten Äcker der Welt,
sie liegen in den Feuerlinien
einen Sommer lang,
sie binden die Garben für uns
und fallen im Wind.

Aglaja wiederholt zum ersten Teil des Ritornells ihre Variation.

In der Zeit der Vorbereitung mied ich die Städte
und lebte gefährlich, wie man es aus Liebe tut.

Später geriet ich in eine Abendgesellschaft
und erzählte von einer Hinrichtung. So fehlte ich abermals.

Meinen ersten Tod empfing ich aus der Hand eines Gewitters
und ich dachte: so hell ist die Welt und so außer sich,

wo ich die Wiesen verdunkle, schaufelt der Wind Erde
über ein Kreuz, laßt mich liegen mit dem Gesicht nach unten!

Blaue Steine flogen nach mir und erweckten mich vom Tode.
Sie rührten von einem Sternengesicht, das zerbrach.

Aglaja wiederholt zum ersten Teil des Ritornells ihre Variation.

Und ausgestoßen aus dem Orden der Ritter,
verwiesen aus den Balladen,
nehme ich einen Weg durch die Gegenwart,
zu auf den Horizont, wo die zerrissenen
Sonnen im Staub liegen,
wo die Schattenspiele
auf der unerhörten Wand des Himmels
zu Verwandlungen greifen und ihr
einen Stoff einbilden
aus dem alten
Glauben meines Kindergebets.

Wenn auch die Kränze entzwei sind,
abgesprungen die Perlen, wenn der Kuß
in die blauen Falten der Madonnen,
abgeschmackt nach den Ekstasen
so vieler Nächte, beim ersten Hauch
das Licht in den Nischen löscht,
trete ich aus dem schwarzen
Blut der Ungläubigen in mein eignes
und höre auf den Abgesang
einer Geschichte,
die unsre Opfer verachtet.

Aglaja wiederholt zum ersten Teil des Ritornells ihre Variation.

Mir will eine Schwäche, der Wahnsinn
willkommen ist, meinen Weg
vertreten und mich der Freiheit entziehn.

Hörig dem Sog, wich mein Fleisch
früh den Messern aus, die ich hob,
um es aufzureißen. Mit dem Hauch,
den es umklammert, will es hinab,
mit meinem Atem, den ich zurückgeben werde
zum Beweis, daß mein Mund
nicht gefragt hat nach meinem Leben
und den Bedingungen, unter denen
wir für die Schöpfung
zu zeugen haben.

Mit dem zweiten Teil des Ritornells endet die Szene, und Aglaja erstarrt auf der Spitze, in der letzten ihrer Attituden.

Wir sehen eine Kurpromenade mit einem Orchestertempelchen im Hintergrund. Eine Gesellschaft von Vögeln hat sich hier versammelt – gemeint ist die Petersburger Hautevolee. Wenn der Vorhang sich öffnet, hält der Dirigent der kleinen Kapelle den Taktstock hoch. Die Vogelgesellschaft steht regungslos. Jeder ist in seiner Pose erstarrt, so daß die Szene den Eindruck eines kolorierten Druckes macht. Im Vordergrund steht Myschkin, der sich sehr fremd in dieser Umgebung fühlt.

Die leicht fliegen, werde ich nicht
beneiden, die Gesellschaft der Vögel,
die viele Orte berührt
und noch im raschesten Flug
voll Überdruß ist.

Myschkin geht ab. Der Dirigent des kleinen Orchesters bewegt seinen Taktstock zur Musik, und die erstarrte Vogelgesellschaft löst sich in eine »Kurpromenade« auf. Wenn die Musik endet, wenden sich alle dem Kapellmeister zu und applaudieren. Etwas vor Schluß des Tanzes treten Myschkin und Aglaja auf. Sie nehmen an dem Treiben teil und gehen dann zur Vorderbühne. Und Myschkin erklärt sich Aglaja.

Wo ich hinkam, fand ich mich unter Steinen,
wie sie ergraut und von Vertrauen befangen.

Mir ist gewiß, daß auch dein Gesicht
so alt herabfiel und sich neben mich legte
unter den eisweißen Wasserfall,
unter dem ich zuerst mein Bett aufschlug
und unter dem ich in meinem Tode
liegen werde, den Absturz
der Reinheit vor Augen.

Myschkin und Aglaja gehen ab. Es wird Abend. Einige Lampions leuchten auf, die Kapelle hört zu spielen auf, die Gesellschaft findet sich paarweise zusammen und verläßt die Bühne. Blaue Versatzstücke kommen von oben, und die Bühne wird von einem klaren Blau überströmt. Dann fliegt Aglaja herein, von weißen Tänzern gefolgt, und Myschkin erscheint ihr als Wunschbild in einem weißen Kostüm. Doch Nastassias Erscheinung tritt zwischen die Liebenden und trennt sie. Die blauen Versatzstücke werden weggehoben. Allein im nächtlichen Garten sieht Aglaja sich ernüchtert um und wirft sich weinend auf eine Bank. Myschkin, in realer Gestalt, kommt und kniet vor ihr nieder.

Ich habe Zutrauen gefaßt zum Verzicht.
Du weinst, weil ich dich meinen Wünschen vorziehe?
Du wählst ein kurzes Los: meine Zeit, und ich will
die Verheerungen aller Träume, mit denen
du schläfst und herausreichst aus der Welt.

Für dich habe ich keinen Trost.
Wir werden beisammen liegen,
wenn die Bewegung der Berge geschieht,
mit einem Steingefühl, alterslos,
auf dem Boden der Nachtfurcht
und im Anfang einer großen Verstörung.

Einmal nur hatte der Mond das Nachsehn.
Ins Geäst unsres Herzens
fiel das einsamere
Licht der Liebe.
Wie kalt die Welt ist
und wie rasch die Schatten
sich auf unsre Wurzeln niederlegen!

Aglaja hört Myschkin verständnislos zu; ihre Erwartungen sind enttäuscht worden, sie springt auf und läßt Myschkin betroffen stehen. Die Vögel kehren in den nächtlichen Garten zurück, diesmal um Nastassia Filipowna versammelt, die durch ihre faszinierende Schönheit in einem herausfordernden Tanz alles in Atem hält. Dann stehen die beiden Frauen voreinander. Nastassia beleidigt Aglaja und wird von einem der Begleiter Aglajas wieder beleidigt. Myschkin geht ab, und die aufgescheuchte Vogelgesellschaft flieht. Das Licht ist auf den Vordergrund gerichtet, während die Kulissen fortgetragen werden; nur ein schwarzumkleidetes Podium mit zwei Seitenleitern bleibt auf der Bühne, und Aglaja und Nastassia tanzen mit schwarzgekleideten Partnern ihre Variationen, als kämpften sie mit unsichtbaren Floretten auf Leben und Tod. Wenn Myschkin zurückkommt, steigen die beiden Frauen auf je eine der Leitern und bedeuten ihm, daß sie seine Erklärung erwarten. Aglaja sieht Myschkins Zögern, wirft sich vom Podium herunter und wird von ihrem Partner weggetragen. Ehe Myschkin ihr folgen kann, bricht Nastassia wie leblos vor ihm zusammen. Er hebt sie auf und hält sie in den Armen.

Auf der leeren Bühne stehen, in schwarzen Kostümen, mit dem Rücken zum Publikum, Menschen mit Kandelabern, während Myschkin, zum Publikum gewendet, spricht.

Mit einem geliehenen Wort bin ich,
und nicht mit dem Feuer, gekommen
und schuld an allem, o Gott!
Es sind die Kreuze getauscht,
und das eine wird nicht getragen.
Schwach lob ich die Strenge
Deines Gerichts und ich denke
schon an Vergebung, ehe Du sie gewährst.

Wo die Angst in mir aufspringt
und Helle vor mir herwirft, entdeck ich
Schreckliches und meine Schuld
an allem, an dem Verbrechen,
mit dem ich noch diese Nacht
in Deine Nacht kommen muß,
und mein heilloses Wissen will ich
nicht preisgeben an mein Gewissen.

Sei Du die Liebe, ich bin nur in leisem
Fieber aus Dir hervorgegangen
und unter Fiebernden hinfällig
geworden. Deine Blindheit erkennend,
vor der wir eins sind im Dunkel,
bekenn ich, daß ich schuld bin
an allem, denn Du, seit Du uns nicht
mehr siehst, zählst auf ein Wort.

Ein roter Teppich wird herausgerollt. Myschkin dreht sich um und steht jetzt auch mit dem Rücken zum Publikum. Nastassia erscheint und versucht, auf die Vorderbühne zu Myschkin zu gelangen, doch Rogoschin springt einige Male, mit einem Messer in der Hand, dazwischen. Die schwarzen Gestalten führen an Ort und Stelle entsprechende Schritte zu einem Bolero aus. Schließlich ergreift Rogoschin Nastassia und trägt sie, mit dem Rücken zum Publikum, von der Bühne. Auch die schwarzen Gestalten gehen ab. Die Ikone senkt sich aus dem Schnürboden herunter. Myschkin steht ohnmächtig davor.

Öffne mir!
Alle Tore sind zugefallen, es ist Nacht,
und was zu sagen ist, ist noch nicht gesagt.
Öffne mir!
Die Luft ist voll von Verwesung, und mein Mund
hat den blauen Mantel noch nicht geküßt.
Öffne mir!
Ich lese schon in den Linien deiner Hand, mein Geist,
der meine Stirne berührt und mich heimholen will.
Öffne mir!

Endlich tritt Rogoschin heraus, und Myschkin geht ihm entgegen.

Geheim ist der Mund, mit dem ich morgen rede. Ich will diese Nacht mit dir wachen und werde dich nicht verraten.

Behutsam führt Rogoschin Myschkin hinter die Ikone. Die Bühne wird ganz dunkel, und im Dunkeln spricht Myschkin die beiden Terzinen.

In den Strängen der Stille hängen die Glocken
und läuten den Schlaf ein,
so schlafe, sie läuten den Schlaf ein.

In den Strängen der Stille kommen die Glocken
zur Ruhe, es könnte der Tod sein,
so komm, es muß Ruhe sein.

Es wird etwas hell. Aus dem Schnürboden kommen weiße Stricke zu den Klängen der Apotheose herab. Myschkin bleibt unbeweglich stehen, und während immer mehr Stricke herabsinken, erscheinen Tänzer, die in verhaltenen, feierlichen Bewegungen den Ausbruch des Wahnsinns darstellen.

Choreographie: Tatjana Gsovsky
Musik: Hans Werner Henze

4 Anrufung des Großen Bären

I

Das Spiel ist aus

Mein lieber Bruder, wann bauen wir uns ein Floß
und fahren den Himmel hinunter?
Mein lieber Bruder, bald ist die Fracht zu groß
und wir gehen unter.

Mein lieber Bruder, wir zeichnen aufs Papier
viele Länder und Schienen.
Gib acht, vor den schwarzen Linien hier
fliegst du hoch mit den Minen.

Mein lieber Bruder, dann will ich an den Pfahl
gebunden sein und schreien.
Doch du reitest schon aus dem Totental
und wir fliehen zu zweien.

Wach im Zigeunerlager und wach im Wüstenzelt,
es rinnt uns der Sand aus den Haaren,
dein und mein Alter und das Alter der Welt
mißt man nicht mit den Jahren.

Laß dich von listigen Raben, von klebriger Spinnenhand
und der Feder im Strauch nicht betrügen,
iß und trink auch nicht im Schlaraffenland,
es schäumt Schein in den Pfannen und Krügen.

Nur wer an der goldenen Brücke für die Karfunkelfee
das Wort noch weiß, hat gewonnen.
Ich muß dir sagen, es ist mit dem letzten Schnee
im Garten zerronnen.

Von vielen, vielen Steinen sind unsre Füße so wund.
Einer heilt. Mit dem wollen wir springen,
bis der Kinderkönig, mit dem Schlüssel zu seinem Reich
im Mund,
uns holt, und wir werden singen:

Es ist eine schöne Zeit, wenn der Dattelkern keimt!
Jeder, der fällt, hat Flügel.
Roter Fingerhut ist's, der den Armen das Leichentuch
säumt,
und dein Herzblatt sinkt auf mein Siegel.

Wir müssen schlafen gehn, Liebster, das Spiel ist aus.
Auf Zehenspitzen. Die weißen Hemden bauschen.
Vater und Mutter sagen, es geistert im Haus,
wenn wir den Atem tauschen.

Von einem Land, einem Fluß und den Seen

I

Von einem, der das Fürchten lernen wollte
und fortging aus dem Land, von Fluß und Seen,
zähl ich die Spuren und des Atems Wolken,
denn, so Gott will, wird sie der Wind verwehn!

Zähl und halt ein – sie werden vielen gleichen.
Die Lose ähneln sich, die Odysseen.
Doch er erfuhr, daß wo die Lämmer weiden,
schon Wölfe mit den Fixsternblicken stehn.

Er fühlte seine Welle ausgeschrieben,
eh sie ihn wegtrug und ihm Leid geschah;
sie sprang im See auf und sie schwang die Wiege,
in die sein Sternbild durch die Schleier sah.

Er schüttelte und trat die tauben Nüsse,
den Hummeln schlug er schärfre Töne vor,
und Sonntag war ihm mehr als Glockensüße –
Sonntag war jeder Tag, den er verlor.

Er zog den Karren aus verweichten Gleisen,
von keinem leichten Rädergang verführt,
beim Aufschrei, den die Wasser weiterreichten
an Seen, vom ersten Steinschlag aufgerührt.

Doch sieben Steine wurden sieben Brote,
als er im Zweifel in die Nacht entwich;
er tauchte durch den Duft und streute Krumen
im Gehn für den Verlornen hinter sich.

Erinnre dich! Du weißt jetzt allerlanden:
wer treu ist, wird im Frühlicht heimgeführt.
O Zeit gestundet, Zeit uns überlassen!
Was ich vergaß, hat glänzend mich berührt.

II

Im Frühlicht rücken Brunnen in die Mitte,
der Pfarrer, das Brevier, der Sonntagsstaat,
die kalten Pfeifen und die schwarzen Hüte,
Leib, Ehr und Gut vor allerhöchsten Rat.

Untätig steht der Fluß, die Weiden baden,
die Königskerzen leuchten bis ins Haus,
das schwere Essen ist schon aufgetragen,
und alle Sprüche gehn auf Amen aus.

Die Nachmittage, hell und ungeheuer –
die Nadel springt im Strumpf, Gewöll zerreißt,
und das Geschirr der Pferde wird gescheuert,
bis eins erklirrt, mit dem Fallada reist.

Die Alten liegen in den dumpfen Stuben,
das Testament im Arm, im zweiten Schlaf,
und ihre Söhne zeugen wortlos Söhne
mit Mägden, die der Gott als Regen traf

Gestillte Lippen und gestillte Augen –
die Raupen hängen eingepuppt im Schrein,
und Dunggeruch steigt mit den Fliegentrauben
bei früher Dämmrung durch die Fenster ein.

Am Abend Stimmenauflauf an den Zäunen,
Andacht und Rosen werden laut zerpflückt,

die Katzen scheuchen auf aus ihren Träumen,
und rote Mieder hat der Wind verrückt.

Die Zöpfe lösen sich, die Schattenpaare
im Nebel auf, vom nahen Hügel rollt
der unfruchtbare Mond, besetzt die Äcker
und nimmt das Land für eine Nacht in Sold.

III

Dem Hügelzug ist eine Burg geblieben,
vom Berg geschützt, der Felsen um sie stellt,
den Geier ausschickt mit dem Krallensiegel,
dem Königswappen, eh sie ganz verfällt.

Es sind drei Tote hinterm Wall verborgen;
von einem weht vom Wachtturm noch das Haar,
von einem heißt es, daß er Steine schleudert,
von einem, daß er doppelköpfig war.

Der stiftet Brand, dem sie zu dritt befehlen,
der mordet, den ein schwarzes Haar umschlingt,
und wer den Stein aufhebt, wird selber sterben,
noch diesen Abend, eh die Amsel singt.

Die unbeschuhten Geister auf den Zinnen,
der unbewehrte Leichnam im Verlies,
im Gästebuch die Namen der Beschauer –
die Nacht vertuscht sie, die uns kommen hieß.

Sie schlägt den Erdplan auf, verschweigt die Ziele;
sie trägt die Zeit als eine Eiszeit ein,
die Schotterstege über die Moränen,
den Weg zu Grauwack und zu Kreidestein.

Die Drachenzeichnung lobt sie und die Festung,
vom Faltenwurf der frühen Welt umwallt,
wo oben unten war und unten oben.
Die Scholle tanzt noch überm blauen Spalt.

Ins Schwemmland führt die Nacht. Es schwemmt uns wieder
ins Kellerland der kalten neuen Zeit.
So such im Höhlenbild den Traum vom Menschen!
Die Schneehuhnfeder steck dir an das Kleid.

IV

In andren Hüllen gingen wir vorzeiten,
du gingst im Fuchspelz, ich im Iltiskleid;
noch früher waren wir die Marmelblumen,
in einer tiefen Tibetschlucht verschneit.

Wir standen zeitlos, lichtlos in Kristallen
und schmolzen in der ersten Stunde hin,
uns überrann der Schauer alles Lebens,
wir blühten auf, bestäubt vom ersten Sinn.

Wir wanderten im Wunder und wir streiften
die alten Kleider ab und neue an.
Wir sogen Kraft aus jedem neuen Boden
und hielten nie mehr unsren Atem an.

Wir waren leicht als Vögel, schwer als Bäume,
kühn als Delphin und still als Vogelei.
Wir waren tot, lebendig, bald ein Wesen
und bald ein Ding. (Wir werden niemals frei!)

Wir konnten uns nicht halten und wir zogen
in jeden Körper voller Freude ein.

(Und niemand sag ich, was du mir bedeutest –
die sanfte Taube einem rauhen Stein!)

Du liebtest mich. Ich liebte deine Schleier,
die lichten Stoffe, die den Stoff umwehn,
und ohne Neugier hielt ich dich in Nächten.
(Wenn du nur liebst! Ich will dich ja nicht sehn!)

Wir kamen in das Land mit seinen Quellen.
Urkunden fanden wir. Das ganze Land,
so grenzenlos und so geliebt, war unser.
Es hatte Platz in deiner Muschelhand.

V

Wer weiß, wann sie dem Land die Grenzen zogen
und um die Kiefern Stacheldrahtverhau?
Der Wildbach hat die Zündschnur ausgetreten,
der Fuchs vertrieb den Sprengstoff aus dem Bau.

Wer weiß, was sie auf Grat und Gipfel suchten?
Ein Wort? Wir haben's gut im Mund verwahrt;
es spricht sich schöner aus in beiden Sprachen
und wird, wenn wir verstummen, noch gepaart.

Wo anders sinkt der Schlagbaum auf den Pässen;
hier wird ein Gruß getauscht, ein Brot geteilt.
Die Handvoll Himmel und ein Tuch voll Erde
bringt jeder mit, damit die Grenze heilt.

Wenn sich in Babel auch die Welt verwirrte,
man deine Zunge dehnte, meine bog –
die Hauch- und Lippenlaute, die uns narren,
sprach auch der Geist, der durch Judäa zog.

Seit uns die Namen in die Dinge wiegen,
wir Zeichen geben, uns ein Zeichen kommt,
ist Schnee nicht nur die weiße Fracht von oben,
ist Schnee auch Stille, die uns überkommt.

Daß uns nichts trennt, muß jeder Trennung fühlen;
in gleicher Luft spürt er den gleichen Schnitt.
Nur grüne Grenzen und der Lüfte Grenzen
vernarben unter jedem Nachtwindschritt.

Wir aber wollen über Grenzen sprechen,
und gehn auch Grenzen noch durch jedes Wort:
wir werden sie vor Heimweh überschreiten
und dann im Einklang stehn mit jedem Ort.

VI

Der Schlachttag naht mit hellem Messerwirbel,
die matten Klingen schleift der Morgenwind,
und aus der Brise gehn gestärkt die Schürzen
der Männer, die ums Vieh versammelt sind.

Die Stricke werden fester angezogen,
die Mäuler schäumen, und die Zunge schwimmt;
der Nachbar sorgt für Salz und Pfefferkörner,
und das Gewicht der Opfer wird bestimmt.

Es wollen hier die Toten leichter wiegen,
denn das Lebendige, dem Blut nicht fehlt,
– und mehr als Leben wehrt sich auf der Waage! –
gibt hier den Ausschlag, den kein Zeiger zählt.

Drum meid die Hunde mit den heißen Lefzen
und den Gemeinen, der mit rohem Blut

sich volltrinkt, bis es Schatten übersetzen
in schwarzer Lachen herrenloses Gut.

Und einen Blutsturz später: Wangenflecken –
die erste Scham, weil Schmerz und Schuld bestehn
und Eingeweide ausgenommner Tiere
in Zeichen erster Zukunft übergehn;

weil süßem Fleisch und markgefüllten Knochen
ein Atem ausbleibt, wo der deine geht.
Den Ahnenrock am abgestellten Rocken
hat unversehens Spinnweb überweht.

Die Augen gehen über. Jahre sinken.
Die junge Braue fühlt den weißen Stift.
Und die Gerippe steigen aus dem Anger,
die Kreuze mit der dürren Blumenschrift.

VII

Zum Fest sind alle Seelen rein gewaschen,
der Bretterboden wird gelaugt vorm Tanz,
die Kinder hauchen gläubig in das Wasser,
am Halm erscheint der schöne Seifenglanz.

Der Maskenzug biegt um die Häuserzeile,
Strohpuppen torkeln an die Weizenwand,
die Reiter sprengen über Blumenbarren,
und die Musik zieht in das Sommerland.

Maultrommeln klagen zu den Flötenstimmen.
Die Axt der Nacht fällt in das morsche Licht.
Der Krüppel reicht den Buckel zum Befingern.
Der Idiot entdeckt sein Traumgesicht.

Der Holzstoß flammt: die Werke und die Tage
holt er vorm Anlauf, vor dem neuen Mond;
die Samen und die Funken gehn zu Sternen,
und sie erfahren, was im Himmel lohnt.

Die Schüsse überfliegen Tannenzüge.
Ein Schuß fällt immer, der im Fleisch verhallt.
Und Einer bleibt am Ort, verscharrt in Nadeln
und stumm gemacht vom Moos im schwarzen Wald.

Zum Kehraus drängen traurige Gendarmen.
Die Füße stampfen einen wilden Reim,
und umgestimmt vom strömenden Wacholder
schwanken verloren die Betrunknen heim.

Im Dunkel flattern lange die Girlanden,
und das Papier treibt schaurig übers Dach.
Der Wind räumt auf in den verlassnen Buden
und trägt den Träumern Zuckerherzen nach.

VIII

(Hab ich sie nicht erfunden, diese Seen
und diesen Fluß! Und kennt noch wer den Berg?
Geht einer durch ein Land mit Riesenschritten,
verläßt sich einer auf den guten Zwerg?

Die Himmelsrichtung? Und die Wendekreise?
Du fragst noch?! Nimm dein feurigstes Gespann,
fahr diesen Erdball ab, roll mit den Tränen
die Welt entlang! Dort kommst du niemals an.

Was ruft uns, daß sich so die Haare sträuben?
Tollkirschen schwingen um das heiße Ohr.

Die Adern lärmen, überfüllt von Stille.
Die Totenglocke schaukelt überm Tor.

Was kümmern uns die ländlich blinden Fenster,
das Lämmerzeug, der Schorf, das Altenteil?
Nach Unverwandtem trachten Mund und Augen.
Uns wird die bleibende Figur zuteil.

Was sind uns Pferde und die braunen Wolken,
Windwolf und Irrlicht, braver Hörnerschall!
Wir sind zu andren Zielen aufgestiegen,
und andre Hürden bringen uns zu Fall.

Was kümmern uns der Mond und was die Sterne,
uns, deren Stirnen dunkeln und erglühn!
Beim Untergang des schönsten aller Länder
sind wir's, die es als Traum nach innen ziehn.

Wo ist Gesetz, wo Ordnung? Wo erscheinen
uns ganz begreiflich Blatt und Baum und Stein?
Zugegen sind sie in der schönen Sprache,
im reinen Sein ...)

IX

Es kommt der Bruder mit den Weißdornaugen,
den Hecken auf der Brust, dem Vogelleim;
die Amsel fliegt im Sturz auf seine Rute
und treibt mit ihm die Rinderherde heim.

In seinen blonden Haaren wird sie nisten,
im Stall, wenn er in Halmen untergeht,
den Tierdunst atmet, nach dem Schattenhalfter
und einem Rappen für den Sattel späht.

Ins Rosenöl wird sie den Schnabel tunken,
in seine Augen tropft sie Rosenlicht.
Die Nacht steigt in ihr schwellendes Gefieder
und hebt sie auf im seligen Verzicht.

»O Schwester sing, so sing von fernen Tagen!«
»Bald sing ich, bald, an einem schönren Ort.«
»O sing und web den Teppich aus den Liedern
und flieg auf ihm mit mir noch heute fort!

Halt mit mir Rast, wo Bienen uns bewirten,
mich Engelschön im Engelhut besucht . . .«
»Bald sing ich – doch im Turm beginnt's zu schwirren,
schlaf ein! es ist die Zeit der Eulenflucht.«

Die Kürbisleuchter machen ihre Runde,
der Knecht springt auf, die Peitsche in der Hand,
er starrt ins Licht und überrascht die Amsel
am Ausgang in das letzte Hirtenland.

Die Sense ficht mit ihren wilden Flügeln,
die Gabel sticht die Flatternde ans Tor.
Doch eh den Schläfer ihre Schreie wecken,
erschrickt sein Herz im ersten Rosenflor.

X

Im Land der tiefen Seen und der Libellen,
den Mund erschöpft ans Urgestein gepreßt,
ruft einer nach dem Geist der ersten Helle,
eh er für immer dieses Land verläßt.

Im Schaumkraut badet er die wehen Augen;
kalt und entzaubert sieht er, was er sah.

Was unbesiegbar macht, wird ihm gegeben:
das weite Herz und die Harmonika.

Es ist die Zeit des Apfelmosts, der Schwalben;
den Fässern wird das Spundloch eingedrückt.
Wer jetzt trinkt, trinkt auf schwarze Vogelzüge,
und jede Ferne macht sein Herz verrückt.

Er schließt die Schmieden, Mühlen und Kapellen,
er geht durchs Maisfeld, schlägt die Kolben ab,
die Körner springen auf mit goldnen Funken,
und es erlischt schon, was ihm Nahrung gab.

Zum Abschied schwören die Geschwister
auf ihren Bund aus Schweigen und Vertraun.
Der Klettenkranz wird aus dem Haar gerissen,
und keines wagt, vom Boden aufzuschaun.

Die Vogelnester stürzen aus den Ästen,
der Zunder brennt, das Feuer wühlt im Laub,
und an den blauen Bienenstöcken rächen
die Engel den verjährten Honigraub.

O Engelstille, wenn im Gehn die Fäden
in alle Lüfte ausgeworfen sind!
Zu allem frei, wird sich die Hand nicht lösen,
die einen fängt vorm Gang ins Labyrinth.

Anrufung des Großen Bären

Großer Bär, komm herab, zottige Nacht,
Wolkenpelztier mit den alten Augen,
Sternenaugen,
durch das Dickicht brechen schimmernd
deine Pfoten mit den Krallen,
Sternenkrallen,
wachsam halten wir die Herden,
doch gebannt von dir, und mißtrauen
deinen müden Flanken und den scharfen
halbentblößten Zähnen,
alter Bär.

Ein Zapfen: eure Welt.
Ihr: die Schuppen dran.
Ich treib sie, roll sie
von den Tannen im Anfang
zu den Tannen am Ende,
schnaub sie an, prüf sie im Maul
und pack zu mit den Tatzen.

Fürchtet euch oder fürchtet euch nicht!
Zahlt in den Klingelbeutel und gebt
dem blinden Mann ein gutes Wort,
daß er den Bären an der Leine hält.
Und würzt die Lämmer gut.

's könnt sein, daß dieser Bär
sich losreißt, nicht mehr droht
und alle Zapfen jagt, die von den Tannen
gefallen sind, den großen, geflügelten,
die aus dem Paradiese stürzten.

Mein Vogel

Was auch geschieht: die verheerte Welt
sinkt in die Dämmrung zurück,
einen Schlaftrunk halten ihr die Wälder bereit,
und vom Turm, den der Wächter verließ,
blicken ruhig und stet die Augen der Eule herab.

Was auch geschieht: du weißt deine Zeit,
mein Vogel, nimmst deinen Schleier
und fliegst durch den Nebel zu mir.

Wir äugen im Dunstkreis, den das Gelichter bewohnt.
Du folgst meinem Wink, stößt hinaus
und wirbelst Gefieder und Fell –

Mein eisgrauer Schultergenoß, meine Waffe,
mit jener Feder besteckt, meiner einzigen Waffe!
Mein einziger Schmuck: Schleier und Feder von dir.

Wenn auch im Nadeltanz unterm Baum
die Haut mir brennt
und der hüfthohe Strauch
mich mit würzigen Blättern versucht,
wenn meine Locke züngelt,
sich wiegt und nach Feuchte verzehrt,
stürzt mir der Sterne Schutt
doch genau auf das Haar.

Wenn ich vom Rauch behelmt
wieder weiß, was geschieht,
mein Vogel, mein Beistand des Nachts,
wenn ich befeuert bin in der Nacht,

knistert's im dunklen Bestand,
und ich schlage den Funken aus mir.

Wenn ich befeuert bleib wie ich bin
und vom Feuer geliebt,
bis das Harz aus den Stämmen tritt,
auf die Wunden träufelt und warm
die Erde verspinnt,
(und wenn du mein Herz auch ausraubst des Nachts,
mein Vogel auf Glauben und mein Vogel auf Treu!)
rückt jene Warte ins Licht,
die du, besänftigt,
in herrlicher Ruhe erfliegst –
was auch geschieht.

II

Landnahme

Ins Weideland kam ich,
als es schon Nacht war,
in den Wiesen die Narben witternd
und den Wind, eh er sich regte.
Die Liebe graste nicht mehr,
die Glocken waren verhallt
und die Büschel verhärmt.

Ein Horn stak im Land,
vom Leittier verrannt,
ins Dunkel gerammt.

Aus der Erde zog ich's,
zum Himmel hob ich's
mit ganzer Kraft.

Um dieses Land mit Klängen
ganz zu erfüllen,
stieß ich ins Horn,
willens im kommenden Wind
und unter den wehenden Halmen
jeder Herkunft zu leben!

Curriculum Vitae

Lang ist die Nacht,
lang für den Mann,
der nicht sterben kann, lang
unter Straßenlaternen schwankt
sein nacktes Aug und sein Aug
schnapsatemblind, und Geruch
von nassem Fleisch unter seinen Nägeln
betäubt ihn nicht immer, o Gott,
lang ist die Nacht.

Mein Haar wird nicht weiß,
denn ich kroch aus dem Schoß von Maschinen,
Rosenrot strich mir Teer auf die Stirn
und die Strähnen, man hatt' ihr
die schneeweiße Schwester erwürgt. Aber ich,
der Häuptling, schritt durch die Stadt
von zehnmalhunderttausend Seelen, und mein Fuß
trat auf die Seelenasseln unterm Lederhimmel,
  aus dem
zehnmalhunderttausend Friedenspfeifen
hingen, kalt. Engelsruhe
wünscht' ich mir oft
und Jagdgründe, voll
vom ohnmächtigen Geschrei
meiner Freunde.

Mit gespreizten Beinen und Flügeln,
binsenweis stieg die Jugend
über mich, über Jauche, über Jasmin ging's
in die riesigen Nächte mit dem Quadrat-
wurzelgeheimnis, es haucht die Sage
des Tods stündlich mein Fenster an,

Wolfsmilch gebt mir und schüttet
in meinen Rachen das Lachen
der Alten vor mir, wenn ich in Schlaf
fall über den Folianten,
in den beschämenden Traum,
daß ich nicht taug für Gedanken,
mit Troddeln spiel,
aus denen Schlangen fransen.

Auch unsere Mütter haben
von der Zukunft ihrer Männer geträumt,
sie haben sie mächtig gesehen,
revolutionär und einsam,
doch nach der Andacht im Garten
über das flammende Unkraut gebeugt,
Hand in Hand mit dem geschwätzigen
Kind ihrer Liebe. Mein trauriger Vater,
warum habt ihr damals geschwiegen
und nicht weitergedacht?

Verloren in den Feuerfontänen,
in einer Nacht neben einem Geschütz,
das nicht feuert, verdammt lang
ist die Nacht, unter dem Auswurf
des gelbsüchtigen Monds, seinem galligen
Licht, fegt in der Machttraumspur
über mich (das halt ich nicht ab)
der Schlitten mit der verbrämten
Geschichte hinweg.
Nicht daß ich schlief: wach war ich,
zwischen Eisskeletten sucht' ich den Weg,
kam heim, wand mir Efeu
um Arm und Bein und weißte
mit Sonnenresten die Ruinen.
Ich hielt die hohen Feiertage,

und erst wenn es gelobt war,
brach ich das Brot.

In einer großspurigen Zeit
muß man rasch von einem Licht
ins andre gehen, von einem Land
ins andre, unterm Regenbogen,
die Zirkelspitze im Herzen,
zum Radius genommen die Nacht.
Weit offen. Von den Bergen
sieht man Seen, in den Seen
Berge, und im Wolkengestühl
schaukeln die Glocken
der einen Welt. Wessen Welt
zu wissen, ist mir verboten.

An einem Freitag geschah's
– ich fastete um mein Leben,
die Luft troff vom Saft der Zitronen
und die Gräte stak mir im Gaumen –
da löst' ich aus dem entfalteten Fisch
einen Ring, der, ausgeworfen
bei meiner Geburt, in den Strom
der Nacht fiel und versank.
Ich warf ihn zurück in die Nacht.

O hätt ich nicht Todesfurcht!
Hätt ich das Wort,
(verfehlt ich's nicht),
hätt ich nicht Disteln im Herz,
(schlüg ich die Sonne nicht aus),
hätt ich nicht Gier im Mund,
(tränk ich das wilde Wasser nicht),
schlüg ich die Wimper nicht auf,
(hätt ich die Schnur nicht gesehn).

Ziehn sie den Himmel fort?
Trüg mich die Erde nicht,
läg ich schon lange still,
läg ich schon lang,
wo die Nacht mich will,
eh sie die Nüstern bläht
und ihren Huf hebt
zu neuen Schlägen,
immer zum Schlag.
Immer die Nacht.
Und kein Tag.

Heimweg

Nacht aus Schlüsselblumen
und verwunschnem Klee,
feuchte mir die Füße,
daß ich leichter geh.

Der Vampir im Rücken
übt den Kinderschritt,
und ich hör ihn atmen,
wenn er kreuzweis tritt.

Folgt er mir schon lange?
Hab ich wen gekränkt?
Was mich retten könnte,
ist noch nicht verschenkt.

Wo die Halme zelten
um den Felsenspund,
bricht es aus der Quelle
altem, klarem Mund:

»Um nicht zu verderben,
bleib nicht länger aus,
hör das Schlüsselklirren,
komm ins Wiesenhaus!

Reinen Fleischs wird sterben,
wer es nicht mehr liebt,
über Rausch und Trauer
nur mehr Nachricht gibt.«

Mit der Kraft des Übels,
das mich niederschlug,
weitet seine Schwinge
der Vampir im Flug,

hebt die tausend Köpfe,
Freund- und Feindgesicht,
vom Saturn beschattet,
der den Ring zerbricht.

Ist das Mal gerissen
in die Nackenhaut,
öffnen sich die Türen
grün und ohne Laut.

Und die Wiesenschwelle
glänzt von meinem Blut.
Deck mir, Nacht, die Augen
mit dem Narrenhut.

Nebelland

Im Winter ist meine Geliebte
unter den Tieren des Waldes.
Daß ich vor Morgen zurückmuß,
weiß die Füchsin und lacht.
Wie die Wolken erzittern! Und mir
auf den Schneekragen fällt
eine Lage von brüchigem Eis.

Im Winter ist meine Geliebte
ein Baum unter Bäumen und lädt
die glückverlassenen Krähen
ein in ihr schönes Geäst. Sie weiß,
daß der Wind, wenn es dämmert,
ihr starres, mit Reif besetztes
Abendkleid hebt und mich heimjagt.

Im Winter ist meine Geliebte
unter den Fischen und stumm.
Hörig den Wassern, die der Strich
ihrer Flossen von innen bewegt,
steh ich am Ufer und seh,
bis mich Schollen vertreiben,
wie sie taucht und sich wendet.

Und wieder vom Jagdruf des Vogels
getroffen, der seine Schwingen
über mir steift, stürz ich
auf offenem Feld: sie entfiedert
die Hühner und wirft mir ein weißes
Schlüsselbein zu. Ich nehm's um den Hals
und geh fort durch den bitteren Flaum.

Treulos ist meine Geliebte,
ich weiß, sie schwebt manchmal
auf hohen Schuh'n nach der Stadt,
sie küßt in den Bars mit dem Strohhalm
die Gläser tief auf den Mund,
und es kommen ihr Worte für alle.
Doch diese Sprache verstehe ich nicht.

Nebelland hab ich gesehen,
Nebelherz hab ich gegessen.

Die blaue Stunde

Der alte Mann sagt: mein Engel, wie du willst,
wenn du nur den offenen Abend stillst
und an meinem Arm eine Weile gehst,
den Wahrspruch verschworener Linden verstehst,
die Lampen, gedunsen, betreten im Blau,
letzte Gesichter! nur deins glänzt genau.
Tot die Bücher, entspannt die Pole der Welt,
was die dunkle Flut noch zusammenhält,
die Spange in deinem Haar, scheidet aus.
Ohne Aufenthalt Windzug in meinem Haus,
Mondpfiff – dann auf freier Strecke der Sprung,
die Liebe, geschleift von Erinnerung.

Der junge Mann fragt: und wirst du auch immer?
Schwör's bei den Schatten in meinem Zimmer,
und ist der Lindenspruch dunkel und wahr,
sag ihn her mit Blüten und öffne dein Haar
und den Puls der Nacht, die verströmen will!
Dann ein Mondsignal, und der Wind steht still.
Gesellig die Lampen im blauen Licht,
bis der Raum mit der vagen Stunde bricht,
unter sanften Bissen dein Mund einkehrt
bei meinem Mund, bis dich Schmerz belehrt:
lebendig das Wort, das die Welt gewinnt,
ausspielt und verliert, und Liebe beginnt.

Das Mädchen schweigt, bis die Spindel sich dreht.
Sterntaler fällt. Die Zeit in den Rosen vergeht: –
Ihr Herren, gebt mir das Schwert in die Hand,
und Jeanne d'Arc rettet das Vaterland.
Leute, wir bringen das Schiff durchs Eis,
ich halte den Kurs, den keiner mehr weiß.

Kauft Anemonen! drei Wünsche das Bund,
die schließen vorm Hauch eines Wunsches den Mund.
Vom hohen Trapez im Zirkuszelt
spring ich durch den Feuerreifen der Welt,
ich gebe mich in die Hand meines Herrn,
und er schickt mir gnädig den Abendstern.

Erklär mir, Liebe

Dein Hut lüftet sich leis, grüßt, schwebt im Wind,
dein unbedeckter Kopf hat's Wolken angetan,
dein Herz hat anderswo zu tun,
dein Mund verleibt sich neue Sprachen ein,
das Zittergras im Land nimmt überhand,
Sternblumen bläst der Sommer an und aus,
von Flocken blind erhebst du dein Gesicht,
du lachst und weinst und gehst an dir zugrund,
was soll dir noch geschehen –

Erklär mir, Liebe!

Der Pfau, in feierlichem Staunen, schlägt sein Rad,
die Taube stellt den Federkragen hoch,
vom Gurren überfüllt, dehnt sich die Luft,
der Entrich schreit, vom wilden Honig nimmt
das ganze Land, auch im gesetzten Park
hat jedes Beet ein goldner Staub umsäumt.

Der Fisch errötet, überholt den Schwarm
und stürzt durch Grotten ins Korallenbett.
Zur Silbersandmusik tanzt scheu der Skorpion.
Der Käfer riecht die Herrlichste von weit;
hätt ich nur seinen Sinn, ich fühlte auch,
daß Flügel unter ihrem Panzer schimmern,
und nähm den Weg zum fernen Erdbeerstrauch!

Erklär mir, Liebe!

Wasser weiß zu reden,
die Welle nimmt die Welle an der Hand,
im Weinberg schwillt die Traube, springt und fällt.
So arglos tritt die Schnecke aus dem Haus!

Ein Stein weiß einen andern zu erweichen!

Erklär mir, Liebe, was ich nicht erklären kann:
sollt ich die kurze schauerliche Zeit
nur mit Gedanken Umgang haben und allein
nichts Liebes kennen und nichts Liebes tun?
Muß einer denken? Wird er nicht vermißt?

Du sagst: es zählt ein andrer Geist auf ihn ...
Erklär mir nichts. Ich seh den Salamander
durch jedes Feuer gehen.
Kein Schauer jagt ihn, und es schmerzt ihn nichts.

Scherbenhügel

Vom Frost begattet die Gärten –
das Brot in den Öfen verbrannt –
der Kranz aus den Erntelegenden
ist Zunder in deiner Hand.

Verstumm! Verwahr deinen Bettel,
die Worte, von Tränen bestürzt,
unter dem Hügel aus Scherben,
der immer die Furchen schürzt.

Wenn alle Krüge zerspringen,
was bleibt von den Tränen im Krug?
Unten sind Spalten voll Feuer,
sind Flammenzungen am Zug.

Erschaffen werden noch Dämpfe
beim Wasser- und Feuerlaut.
O Aufgang der Wolken, der Worte,
dem Scherbenberg anvertraut!

Tage in Weiß

In diesen Tagen steh ich auf mit den Birken
und kämm mir das Weizenhaar aus der Stirn
vor einem Spiegel aus Eis.

Mit meinem Atem vermengt,
flockt die Milch.
So früh schäumt sie leicht.
Und wo ich die Scheibe behauch, erscheint,
von einem kindlichen Finger gemalt,
wieder dein Name: Unschuld!
Nach so langer Zeit.

In diesen Tagen schmerzt mich nicht,
daß ich vergessen kann
und mich erinnern muß.

Ich liebe. Bis zur Weißglut
lieb ich und danke mit englischen Grüßen.
Ich hab sie im Fluge erlernt.

In diesen Tagen denk ich des Albatros',
mit dem ich mich auf-
und herüberschwang
in ein unbeschriebenes Land.

Am Horizont ahne ich,
glanzvoll im Untergang,
meinen fabelhaften Kontinent
dort drüben, der mich entließ
im Totenhemd.

Ich lebe und höre von fern seinen Schwanengesang!

Harlem

Von allen Wolken lösen sich die Dauben,
der Regen wird durch jeden Schacht gesiebt,
der Regen springt von allen Feuerleitern
und klimpert auf dem Kasten voll Musik.

Die schwarze Stadt rollt ihre weißen Augen
und geht um jede Ecke aus der Welt.
Die Regenrhythmen unterwandert Schweigen.
Der Regenblues wird abgestellt.

Reklame

Wohin aber gehen wir
ohne sorge sei ohne sorge
wenn es dunkel und wenn es kalt wird
sei ohne sorge
aber
mit musik
was sollen wir tun
heiter und mit musik
und denken
heiter
angesichts eines Endes
mit musik
und wohin tragen wir
am besten
unsre Fragen und den Schauer aller Jahre
in die Traumwäscherei ohne sorge sei ohne sorge
was aber geschieht
am besten
wenn Totenstille

eintritt

Toter Hafen

Feuchte Flaggen hängen an den Masten
in den Farben, die kein Land je trug,
und sie wehen für verschlammte Sterne
und den Mond, der grün im Mastkorb ruht.

Wasserwelt aus den Entdeckerzeiten!
Wellen überwuchern jeden Weg,
und von oben tropft das Licht aus Netzen
neuer Straßen, in die Luft verlegt.

Drunten blättern Wasser in den Bibeln,
und die Kompaßnadel steht auf Nacht.
Aus den Träumen wird das Gold gewaschen,
und dem Meer bleibt die Verlassenschaft.

Nicht ein Land, nicht eins blieb unbetreten!
Und zerrissen treibt das Seemannsgarn,
denn die tollen, lachenden Entdecker
fielen in den toten Wasserarm.

Rede und Nachrede

Komm nicht aus unsrem Mund,
Wort, das den Drachen sät.
'sist wahr, die Luft ist schwül,
vergoren und gesäuert schäumt das Licht,
und überm Sumpf hängt schwarz der Mückenflor.

Der Schierling bechert gern.
Ein Katzenfell liegt aus,
die Schlange faucht darauf,
der Skorpion tanzt an.

Dring nicht an unser Ohr,
Gerücht von andrer Schuld,
Wort, stirb im Sumpf,
aus dem der Tümpel quillt.

Wort, sei bei uns
von zärtlicher Geduld
und Ungeduld. Es muß dies Säen
ein Ende nehmen!

Dem Tier beikommen wird nicht, wer den Tierlaut
  nachahmt.
Wer seines Betts Geheimnis preisgibt, verwirkt sich alle
  Liebe.
Des Wortes Bastard dient dem Witz, um einen Törichten
  zu opfern.

Wer wünscht von dir ein Urteil über diesen Fremden?
Und fällst du's unverlangt, geh du von Nacht zu Nacht
mit seinen Schwären an den Füßen weiter, geh! komm
  nicht wieder.

Wort, sei von uns,
freisinnig, deutlich, schön.
Gewiß muß es ein Ende nehmen,
sich vorzusehen.

(Der Krebs zieht sich zurück,
der Maulwurf schläft zu lang,
das weiche Wasser löst
den Kalk, der Steine spann.)

Komm, Gunst aus Laut und Hauch,
befestig diesen Mund,
wenn seine Schwachheit uns
entsetzt und hemmt.

Komm und versag dich nicht,
da wir im Streit mit soviel Übel stehen.
Eh Drachenblut den Widersacher schützt,
fällt diese Hand ins Feuer.
Mein Wort, errette mich!

Was wahr ist

Was wahr ist, streut nicht Sand in deine Augen,
was wahr ist, bitten Schlaf und Tod dir ab
als eingefleischt, von jedem Schmerz beraten,
was wahr ist, rückt den Stein von deinem Grab.

Was wahr ist, so entsunken, so verwaschen
in Keim und Blatt, im faulen Zungenbett
ein Jahr und noch ein Jahr und alle Jahre –
was wahr ist, schafft nicht Zeit, es macht sie wett.

Was wahr ist, zieht der Erde einen Scheitel,
kämmt Traum und Kranz und die Bestellung aus,
es schwillt sein Kamm und voll gerauften Früchten
schlägt es in dich und trinkt dich gänzlich aus.

Was wahr ist, unterbleibt nicht bis zum Raubzug,
bei dem es dir vielleicht ums Ganze geht.
Du bist sein Raub beim Aufbruch deiner Wunden;
nichts überfällt dich, was dich nicht verrät.

Es kommt der Mond mit den vergällten Krügen.
So trink dein Maß. Es sinkt die bittre Nacht.
Der Abschaum flockt den Tauben ins Gefieder,
wird nicht ein Zweig in Sicherheit gebracht.

Du haftest in der Welt, beschwert von Ketten,
doch treibt, was wahr ist, Sprünge in die Wand.
Du wachst und siehst im Dunkeln nach dem Rechten,
dem unbekannten Ausgang zugewandt.

III

Das erstgeborene Land

In mein erstgeborenes Land, in den Süden
zog ich und fand, nackt und verarmt
und bis zum Gürtel im Meer,
Stadt und Kastell.

Vom Staub in den Schlaf getreten
lag ich im Licht,
und vom ionischen Salz belaubt
hing ein Baumskelett über mir.

Da fiel kein Traum herab.

Da blüht kein Rosmarin,
kein Vogel frischt
sein Lied in Quellen auf.

In meinem erstgeborenen Land, im Süden
sprang die Viper mich an
und das Grausen im Licht.

O schließ
die Augen schließ!
Preß den Mund auf den Biß!

Und als ich mich selber trank
und mein erstgeborenes Land
die Erdbeben wiegten,
war ich zum Schauen erwacht.

Da fiel mir Leben zu.

Da ist der Stein nicht tot.
Der Docht schnellt auf,
wenn ihn ein Blick entzündet.

Lieder von einer Insel

Schattenfrüchte fallen von den Wänden,
Mondlicht tüncht das Haus, und Asche
erkalteter Krater trägt der Meerwind herein.

In den Umarmungen schöner Knaben
schlafen die Küsten,
dein Fleisch besinnt sich auf meins,
es war mir schon zugetan,
als sich die Schiffe
vom Land lösten und Kreuze
mit unsrer sterblichen Last
Mastendienst taten.

Nun sind die Richtstätten leer,
sie suchen und finden uns nicht.

Wenn du auferstehst,
wenn ich aufersteh,
ist kein Stein vor dem Tor,
liegt kein Boot auf dem Meer.

Morgen rollen die Fässer
sonntäglichen Wellen entgegen,
wir kommen auf gesalbten
Sohlen zum Strand, waschen
die Trauben und stampfen
die Ernte zu Wein,
morgen am Strand.

Wenn du auferstehst,
wenn ich aufersteh,

hängt der Henker am Tor,
sinkt der Hammer ins Meer.

Einmal muß das Fest ja kommen!
Heiliger Antonius, der du gelitten hast,
heiliger Leonhard, der du gelitten hast,
heiliger Vitus, der du gelitten hast.

Platz unsren Bitten, Platz den Betern,
Platz der Musik und der Freude!
Wir haben Einfalt gelernt,
wir singen im Chor der Zikaden,
wir essen und trinken,
die mageren Katzen
streichen um unseren Tisch,
bis die Abendmesse beginnt,
halt ich dich an der Hand
mit den Augen,
und ein ruhiges mutiges Herz
opfert dir seine Wünsche.

Honig und Nüsse den Kindern,
volle Netze den Fischern,
Fruchtbarkeit den Gärten,
Mond dem Vulkan, Mond dem Vulkan!

Unsre Funken setzten über die Grenzen,
über die Nacht schlugen Raketen
ein Rad, auf dunklen Flößen
entfernt sich die Prozession und räumt
der Vorwelt die Zeit ein,
den schleichenden Echsen,
der schlemmenden Pflanze,
dem fiebernden Fisch,

den Orgien des Winds und der Lust
des Bergs, wo ein frommer
Stern sich verirrt, ihm auf die Brust
schlägt und zerstäubt.

Jetzt seid standhaft, törichte Heilige,
sagt dem Festland, daß die Krater nicht ruhn!
Heiliger Rochus, der du gelitten hast,
o der du gelitten hast, heiliger Franz.

Wenn einer fortgeht, muß er den Hut
mit den Muscheln, die er sommerüber
gesammelt hat, ins Meer werfen
und fahren mit wehendem Haar,
er muß den Tisch, den er seiner Liebe
deckte, ins Meer stürzen,
er muß den Rest des Weins,
der im Glas blieb, ins Meer schütten,
er muß den Fischen sein Brot geben
und einen Tropfen Blut ins Meer mischen,
er muß sein Messer gut in die Wellen treiben
und seinen Schuh versenken,
Herz, Anker und Kreuz,
und fahren mit wehendem Haar!
Dann wird er wiederkommen.
Wann?
  Frag nicht.

Es ist Feuer unter der Erde,
und das Feuer ist rein.

Es ist Feuer unter der Erde
und flüssiger Stein.

Es ist ein Strom unter der Erde,
der strömt in uns ein.

Es ist ein Strom unter der Erde,
der sengt das Gebein.

Es kommt ein großes Feuer,
es kommt ein Strom über die Erde.

Wir werden Zeugen sein.

Nord und Süd

Zu spät erreichten wir der Gärten Garten
in jenem Schlaf, von dem kein dritter weiß.
Im Ölzweig wolte ich den Schnee erwarten,
im Mandelbaum den Regen und das Eis.

Wie aber soll die Palme es verwinden,
daß du den Wall aus warmen Lauben schleifst,
wie soll ihr Blatt sich in den Nebel finden,
wenn du die Wetterkleider überstreifst?

Bedenk, der Regen machte dich befangen,
als ich den offnen Fächer zu dir trug.
Du schlugst ihn zu. Dir ist die Zeit entgangen,
seit ich mich aufhob mit dem Vogelzug.

Brief in zwei Fassungen

Rom im November abends besten Dank
das glatte Marmorriff die kalten Fliesen
die Gischt der Lichter eh die Tore schließen
der Klang mit dem erfrorne Gläser springen
der Singsang den sie aus Gitarren wringen
eh sie die Schädel in die Münzen stanzen
auf die Arena mit Zypressenlanzen!
der Holzwurm ist bei mir zu Tisch gesessen –
wie wohl ein Blatt aussieht das Raupen fressen?
und Herbst in Nebelland die bunten Lumpen
der Wälder unter großen Regenpumpen
ob es die Käuzchen gibt das Todeswerben
die Drachen die in warmen Sümpfen sterben
das Segel schwarz den Unglücksschrei der Raben
den Nordwind um die Wasser umzugraben
das Geisterschiff die Halden und die Heiden
schuttüberhäuft das Haus die Trauerweiden
verschuldet und vertränt am Strom aus Särgen
den Wahnsinn den sie aus der Tiefe bergen
Immer und Nimmermehr gemischt zum Trank
dein wehes Herz vergötternd alle Leiden
vernichtet und verloren liebeskrank . . .

Nachts im November Rom Einklang und Ruh
der Abschied ohne Kränkung ist vollzogen
die Augen hat ein reiner Glanz beflogen
die Säulen wachsen aus den Tamarinden
o Himmel den die blauen Töne binden!
es landen Disken in den Brunnenmitten
sie drehen sich zu leichten Rosenschritten
wollüstig dehnen Katzen ihre Krallen
der Schlaf hat einen letzten Stern befallen

der Mund entkommt den Küssen ohne Kerben
der Seidenschuh ist unverletzt von Scherben
rasch sinkt der Wein durch dämmernde Gedanken
springt wieder Licht mit seinen hellen Pranken
umgreift die Zeiten schleudert sie ins Heute
die Hügel stürmt die erste Automeute
vor Tempeln paradieren die Antennen
empfangen Morgenchöre und entbrennen
für jeden Marktschrei Preise Vogelrufe
ins Pflaster taucht die Spiegelschrift der Hufe
die Chrysanthemen schütten Gräber zu
Meerhauch und Bergwind mischen Duft und Tränen
ich bin inmitten – was erwartest du?

Römisches Nachtbild

Wenn das Schaukelbrett die sieben Hügel
nach oben entführt, gleitet es auch,
von uns beschwert und umschlungen,
ins finstere Wasser,

taucht in den Flußschlamm, bis in unsrem Schoß
die Fische sich sammeln.
Ist die Reihe an uns,
stoßen wir ab.

Es sinken die Hügel,
wir steigen und teilen
jeden Fisch mit der Nacht.

Keiner springt ab.
So gewiß ist's, daß nur die Liebe
und einer den andern erhöht.

Unter dem Weinstock

Unter dem Weinstock im Traubenlicht
reift dein letztes Gesicht.
Die Nacht muß das Blatt wenden.

Die Nacht muß das Blatt wenden,
wenn die Schale zerspringt
und aus dem Fruchtfleisch die Sonne dringt.

Die Nacht muß das Blatt wenden,
denn dein erstes Gesicht
steigt in dein Trugbild, gedämmt vom Licht.

Unter dem Weinstock im Traubenstrahl
prägt der Rausch dir ein Mal –
Die Nacht muß das Blatt wenden!

In Apulien

Unter den Olivenbäumen schüttet Licht die Samen aus,
Mohn erscheint und flackert wieder,
fängt das Öl und brennt es nieder,
und das Licht geht nie mehr aus.

Trommeln in den Höhlenstädten trommeln ohne Unterlaß,
weißes Brot und schwarze Lippen,
Kinder in den Futterkrippen
will der Fliegenschwarm zum Fraß.

Käm die Helle von den Feldern in den Troglodytentag,
könnt der Mohn aus Lampen rauchen,
Schmerz im Schlaf ihn ganz verbrauchen,
bis er nicht mehr brennen mag.

Esel stünden auf und trügen Wasserschläuche übers Land,
Schnüre stickten alle Hände,
Glas und Perlen für die Wände –
Tür im klingenden Gewand.

Die Madonnen stillten Kinder und der Büffel ging' vorbei,
Rauch im Horn, zur grünen Tränke,
endlich reichten die Geschenke:
Lammblut, Fisch und Schlangenei.

Endlich malmen Steine Früchte, und die Krüge sind
gebrannt.
Öl rinnt offnen Augs herunter,
und der Mohn geht trunken unter,
von Taranteln überrannt.

Schwarzer Walzer

Das Ruder setzt auf den Gong mit dem schwarzen
  Walzer ein,
Schatten mit stumpfen Stichen nähn die Gitarren ein.

Unter der Schwelle erglänzt im Spiegel mein finsteres Haus,
Leuchter treten sich sanft die flammenden Spitzen aus.

Über die Klänge verhängt: Eintracht von Welle und Spiel;
immer entzieht sich der Grund mit einem anderen Ziel.

Schuld ich dem Tag den Marktschrei und den blauen
  Ballon –
Steinrumpf und Vogelschwinge suchen die Position

zum Pas de deux ihrer Nächte, lautlos mir zugewandt,
Venedig, gepfählt und geflügelt, Abend- und Morgenland!

Nur Mosaiken wurzeln und halten im Boden fest,
Säulen umtanzen die Bojen, Fratzen- und Freskenrest.

Kein August war geschaffen, die Löwensonne zu sehn,
schon am Eingang des Sommers ließ sie die Mähne wehn.

Denk dir abgöttische Helle, den Prankenschlag auf den Bug
und im Gefolge des Kiels den törichten Maskenzug,

überm ersäuften Parkett zu Spitze geschifft ein Tuch,
brackiges Wasser, die Liebe und ihren Geruch,

Introduktion, dann den Auftakt zur Stille und nichts
  nachher,
Pausen schlagende Ruder und die Coda vom Meer!

Nach vielen Jahren

Leicht ruht der Pfeil der Zeit im Sonnenbogen.
Wenn die Agave aus dem Felsen tritt,
wird über ihr dein Herz im Wind gewogen
und hält mit jedem Ziel der Stunde Schritt.

Schon überfliegt ein Schatten die Azoren
und deine Brust der zitternde Granat.
Ist auch der Tod dem Augenblick verschworen,
bist du die Scheibe, die ihm blendend naht.

Ist auch das Meer verwöhnt und glanzerfahren,
erhöht's den Spiegel für die Handvoll Blut,
und die Agave blüht nach vielen Jahren
im Schutz der Felsen vor der trunknen Flut.

Schatten Rosen Schatten

Unter einem fremden Himmel
Schatten Rosen
Schatten
auf einer fremden Erde
zwischen Rosen und Schatten
in einem fremden Wasser
mein Schatten

Bleib

Die Fahrten gehn zu Ende,
der Fahrtenwind bleibt aus.
Es fällt dir in die Hände
ein leichtes Kartenhaus.

Die Karten sind bebildert
und zeigen jeden Ort.
Du hast die Welt geschildert
und mischst sie mit dem Wort.

Profundum der Partien,
die dann im Gange sind!
Bleib, um das Blatt zu ziehen,
mit dem man sie gewinnt.

Am Akragas

Das geklärte Wasser in den Händen,
an dem Mittag mit den weißen Brauen,
wird der Fluß die eigne Tiefe schauen
und zum letzten Mal die Dünen wenden,
mit geklärtem Wasser in den Händen.

Trägt der Wind aus Eukalyptushainen
Blätter hochgestrichen, hauchbeschrieben,
wird der Fluß die tiefren Töne lieben.
Festen Anschlag von den Feuersteinen
trägt der Wind zu Eukalyptushainen.

Und geweiht vom Licht und stummen Bränden
hält das Meer den alten Tempel offen,
wenn der Fluß, bis an den Quell getroffen,
mit geklärtem Wasser in den Händen
seine Weihen nimmt von stummen Bränden.

An die Sonne

Schöner als der beachtliche Mond und sein geadeltes Licht,
Schöner als die Sterne, die berühmten Orden der Nacht,
Viel schöner als der feurige Auftritt eines Kometen
Und zu weit Schönrem berufen als jedes andre Gestirn,
Weil dein und mein Leben jeden Tag an ihr hängt, ist die Sonne.

Schöne Sonne, die aufgeht, ihr Werk nicht vergessen hat
Und beendet, am schönsten im Sommer, wenn ein Tag
An den Küsten verdampft und ohne Kraft gespiegelt die Segel
Über dein Aug ziehn, bis du müde wirst und das letzte verkürzt.

Ohne die Sonne nimmt auch die Kunst wieder den Schleier,
Du erscheinst mir nicht mehr, und die See und der Sand,
Von Schatten gepeitscht, fliehen unter mein Lid.

Schönes Licht, das uns warm hält, bewahrt und wunderbar sorgt,
Daß ich wieder sehe und daß ich dich wiederseh!

Nichts Schönres unter der Sonne als unter der Sonne zu sein . . .

Nichts Schönres als den Stab im Wasser zu sehn und den Vogel oben,
Der seinen Flug überlegt, und unten die Fische im Schwarm,

Gefärbt, geformt, in die Welt gekommen mit einer
Sendung von Licht,
Und den Umkreis zu sehn, das Geviert eines Felds, das
Tausendeck meines Lands
Und das Kleid, das du angetan hast. Und dein Kleid,
glockig und blau!

Schönes Blau, in dem die Pfauen spazieren und sich
verneigen,
Blau der Fernen, der Zonen des Glücks mit den Wettern
für mein Gefühl,
Blauer Zufall am Horizont! Und meine begeisterten Augen
Weiten sich wieder und blinken und brennen sich wund.

Schöne Sonne, der vom Staub noch die größte Bewundrung
gebührt,
Drum werde ich nicht wegen dem Mond und den Sternen
und nicht,
Weil die Nacht mit Kometen prahlt und in mir einen
Narren sucht,
Sondern deinetwegen und bald endlos und wie um
nichts sonst
Klage führen über den unabwendbaren Verlust
meiner Augen.

IV

Lieder auf der Flucht

Dura legge d'Amor! ma, ben che obliqua,
Servar convensi; però ch'ella aggiunge
Di cielo in terra, universale, antiqua.

Petrarca, ›I Trionfi‹

I

Der Palmzweig bricht im Schnee,
die Stiegen stürzen ein,
die Stadt liegt steif und glänzt
im fremden Winterschein.

Die Kinder schreien und ziehn
den Hungerberg hinan,
sie essen vom weißen Mehl
und beten den Himmel an.

Der reiche Winterflitter,
das Mandarinengold,
treibt in den wilden Böen.
Die Blutorange rollt.

II

Ich aber liege allein
im Eisverhau voller Wunden.

Es hat mir der Schnee
noch nicht die Augen verbunden.

Die Toten, an mich gepreßt,
schweigen in allen Zungen.

Niemand liebt mich und hat
für mich eine Lampe geschwungen!

III

Die Sporaden, die Inseln,
das schöne Stückwerk im Meer,
umschwommen von kalten Strömen,
neigen noch Früchte her.

Die weißen Retter, die Schiffe
– o einsame Segelhand! –
deuten, eh sie versinken,
zurück auf das Land.

IV

Kälte wie noch nie ist eingedrungen.
Fliegende Kommandos kamen über das Meer.
Mit allen Lichtern hat der Golf sich ergeben.
Die Stadt ist gefallen.

Ich bin unschuldig und gefangen
im unterwo fenen Neapel,
wo der Winter
Posilip und Vomero an den Himmel stellt,
wo seine weißen Blitze aufräumen
unter den Liedern
und er seine heiseren Donner
ins Recht setzt.

Ich bin unschuldig, und bis Camaldoli
rühren die Pinien die Wolken;
und ohne Trost, denn die Palmen
schuppt sobald nicht der Regen;

ohne Hoffnung, denn ich soll nicht entkommen,
auch wenn der Fisch die Flossen schützend sträubt
und wenn am Winterstrand der Dunst,
von immer warmen Wellen aufgeworfen,
mir eine Mauer macht,
auch wenn die Wogen
fliehend
den Fliehenden
dem nächsten Ziel entheben.

V

Fort mit dem Schnee von der gewürzten Stadt!
Der Früchte Luft muß durch die Straßen gehen.
Streut die Korinthen aus,
die Feigen bringt, die Kapern!
Belebt den Sommer neu,
den Kreislauf neu,
Geburt, Blut, Kot und Auswurf,
Tod – hakt in die Striemen ein,

die Linien auferlegt
Gesichtern
mißtrauisch, faul und alt,
von Kalk umrissen und in Öl getränkt,
von Händeln schlau,
mit der Gefahr vertraut,
dem Zorn des Lavagotts,
dem Engel Rauch
und der verdammten Glut!

VI

Unterrichtet in der Liebe
durch zehntausend Bücher,
belehrt durch die Weitergabe
wenig veränderbarer Gesten
und törichter Schwüre –

eingeweiht in die Liebe
aber erst hier –
als die Lava herabfuhr
und ihr Hauch uns traf
am Fuß des Berges,
als zuletzt der erschöpfte Krater
den Schlüssel preisgab
für diese verschlossenen Körper –

Wir traten ein in verwunschene Räume
und leuchteten das Dunkel aus
mit den Fingerspitzen.

VII

Innen sind deine Augen Fenster
auf ein Land, in dem ich in Klarheit stehe.

Innen ist deine Brust ein Meer,
das mich auf den Grund zieht.
Innen ist deine Hüfte ein Landungssteg
für meine Schiffe, die heimkommen
von zu großen Fahrten.

Das Glück wirkt ein Silbertau,
an dem ich befestigt liege.

Innen ist dein Mund ein flaumiges Nest
für meine flügge werdende Zunge.
Innen ist dein Fleisch melonenlicht,
süß und genießbar ohne Ende.
Innen sind deine Adern ruhig
und ganz mit dem Gold gefüllt,
das ich mit meinen Tränen wasche
und das mich einmal aufwiegen wird.

Du empfängst Titel, deine Arme umfangen Güter,
die an dich zuerst vergeben werden.

Innen sind deine Füße nie unterwegs,
sondern schon angekommen in meinen Samtlanden.
Innen sind deine Knochen helle Flöten,
aus denen ich Töne zaubern kann,
die auch den Tod bestricken werden . . .

VIII

. . . Erde, Meer und Himmel.
Von Küssen zerwühlt
die Erde,
das Meer und der Himmel.
Von meinen Worten umklammert
die Erde,
von meinem letzten Wort noch umklammert
das Meer und der Himmel!

Heimgesucht von meinen Lauten
diese Erde,
die schluchzend in meinen Zähnen
vor Anker ging
mit allen ihren Hochöfen, Türmen
und hochmütigen Gipfeln,

diese geschlagene Erde,
die vor mir ihre Schluchten entblößte,
ihre Steppen, Wüsten und Tundren,

diese rastlose Erde
mit ihren zuckenden Magnetfeldern,
die sich hier selbst fesselte
mit ihr noch unbekannten Kraftketten,

diese betäubte und betäubende Erde
mit Nachtschattengewächsen,
bleiernen Giften
und Strömen von Duft –

untergegangen im Meer
und aufgegangen im Himmel
die Erde!

IX

Die schwarze Katze,
das Öl auf dem Boden,
der böse Blick:

Unglück!

Zieh das Korallenhorn,
häng die Hörner vors Haus,
Dunkel, kein Licht!

X

O Liebe, die unsre Schalen
aufbrach und fortwarf, unseren Schild,
den Wetterschutz und braunen Rost von Jahren!

O Leiden, die unsre Liebe austraten,
ihr feuchtes Feuer in den fühlenden Teilen!
Verqualmt, verendend im Qualm, geht die Flamme in sich.

XI

Du willst das Wetterleuchten, wirfst die Messer,
du trennst der Luft die warmen Adern auf;

dich blendend, springen aus den offnen Pulsen
lautlos die letzten Feuerwerke auf:

Wahnsinn, Verachtung, dann die Rache,
und schon die Reue und der Widerruf.

Du nimmst noch wahr, daß deine Klingen stumpfen,
und endlich fühlst du, wie die Liebe schließt:

mit ehrlichen Gewittern, reinem Atem.
Und sie verstößt dich in das Traumverlies.

Wo ihre goldnen Haare niederhängen,
greifst du nach ihr, der Leiter in das Nichts.

Tausend und eine Nacht hoch sind die Sprossen.
Der Schritt ins Leere ist der letzte Schritt.

Und wo du aufprallst, sind die alten Orte,
und jedem Ort gibst du drei Tropfen Blut.

Umnachtet hältst du wurzellose Locken.
Die Schelle läutet, und es ist genug.

XII

Mund, der in meinem Mund genächtigt hat,
Aug, das mein Aug bewachte,
Hand –

und die mich schleiften, die Augen!
Mund, der das Urteil sprach,
Hand, die mich hinrichtete!

XIII

Die Sonne wärmt nicht, stimmlos ist das Meer.
Die Gräber, schneeverpackt, schnürt niemand auf.
Wird denn kein Kohlenbecken angefüllt
mit fester Glut? Doch Glut tut's nicht.

Erlöse mich! Ich kann nicht länger sterben.

Der Heilige hat anderes zu tun;
er sorgt sich um die Stadt und geht ums Brot.
Die Wäscheleine trägt so schwer am Tuch;
bald wird es fallen. Doch mich deckt's nicht zu.

Ich bin noch schuldig. Heb mich auf.
Ich bin nicht schuldig. Heb mich auf.

Das Eiskorn lös vom zugefrornen Aug,
brich mit den Blicken ein,
die blauen Gründe such,
schwimm, schau und tauch:

Ich bin es nicht.
Ich bin's.

XIV

Wart meinen Tod ab und dann hör mich wieder,
es kippt der Schneekorb, und das Wasser singt,
in die Toledo münden alle Töne, es taut,
ein Wohlklang schmilzt das Eis.
O großes Tauen!

Erwart dir viel!

Silben im Oleander,
Wort im Akaziengrün
Kaskaden aus der Wand.

Die Becken füllt,
hell und bewegt,
Musik.

XV

Die Liebe hat einen Triumph und der Tod hat einen,
die Zeit und die Zeit danach.
Wir haben keinen.

Nur Sinken um uns von Gestirnen. Abglanz und Schweigen.
Doch das Lied überm Staub danach
wird uns übersteigen.

5 Gedichte 1957–1961

Bruderschaft

Alles ist Wundenschlagen,
und keiner hat keinem verziehn.
Verletzt wie du und verletzend,
lebte ich auf dich hin.

Die reine, die Geistberührung,
um jede Berührung vermehrt,
wir erfahren sie alternd,
ins kälteste Schweigen gekehrt.

[Verordnet diesem Geschlecht keinen Glauben]

Verordnet diesem Geschlecht keinen Glauben,
genug sind Sterne, Schiffe und Rauch,
es legt sich in die Dinge, bestimmt
Sterne und die unendliche Zahl,
und ein Zug tritt, nenn ihn Zug einer Liebe,
reiner aus allem hervor.

Die Himmel hängen welk und Sterne lösen
sich aus der Verknüpfung mit Mond und Nacht.

Hôtel de la Paix

Die Rosenlast stürzt lautlos von den Wänden,
und durch den Teppich scheinen Grund und Boden.
Das Lichtherz bricht der Lampe.
Dunkel. Schritte.
Der Riegel hat sich vor den Tod geschoben.

Exil

Ein Toter bin ich der wandelt
gemeldet nirgends mehr
unbekannt im Reich des Präfekten
überzählig in den goldenen Städten
und im grünenden Land

abgetan lange schon
und mit nichts bedacht

Nur mit Wind mit Zeit und mit Klang

der ich unter Menschen nicht leben kann

Ich mit der deutschen Sprache
dieser Wolke um mich
die ich halte als Haus
treibe durch alle Sprachen

O wie sie sich verfinstert
die dunklen die Regentöne
nur die wenigen fallen

In hellere Zonen trägt dann sie den Toten hinauf

Nach dieser Sintflut

Nach dieser Sintflut
möchte ich die Taube,
und nichts als die Taube,
noch einmal gerettet sehn.

Ich ginge ja unter in diesem Meer!
flög' sie nicht aus,
brächte sie nicht
in letzter Stunde das Blatt.

Mirjam

Woher hast du dein dunkles Haar genommen,
den süßen Namen mit dem Mandelton?
Nicht weil du jung bist, glänzt du so von Morgen –
dein Land ist Morgen, tausend Jahre schon.

Versprich uns Jericho, weck auf den Psalter,
die Jordanquelle gib aus deiner Hand
und laß die Mörder überrascht versteinen
und einen Augenblick dein zweites Land!

An jede Steinbrust rühr und tu das Wunder,
daß auch den Stein die Träne überrinnt.
Und laß dich taufen mit dem heißen Wasser.
Bleib uns nur fremd, bis wir uns fremder sind.

Oft wird ein Schnee in deine Wiege fallen.
Unter den Kufen wird ein Eiston sein.
Doch wenn du tief schläfst, ist die Welt bezwungen.
Das rote Meer zieht seine Wasser ein!

Strömung

So weit im Leben und so nah am Tod,
daß ich mit niemand darum rechten kann,
reiß ich mir von der Erde meinen Teil;

dem stillen Ozean stoß ich den grünen Keil
mitten ins Herz und schwemm mich selber an.

Zinnvögel steigen auf und Zimtgeruch!
Mit meinem Mörder Zeit bin ich allein.
In Rausch und Bläue puppen wir uns ein.

Geh, Gedanke

Geh, Gedanke, solang ein zum Flug klares Wort
dein Flügel ist, dich aufhebt und dorthin geht,
wo die leichten Metalle sich wiegen,
wo die Luft schneidend ist
in einem neuen Verstand,
wo Waffen sprechen
von einziger Art.
Verficht uns dort!

Die Woge trug ein Treibholz hoch und sinkt.
Das Fieber riß dich an sich, läßt dich fallen.
Der Glaube hat nur einen Berg versetzt.

Laß stehn, was steht, geh, Gedanke!,

von nichts andrem als unsrem Schmerz durchdrungen.
Entsprich uns ganz!

Liebe: Dunkler Erdteil

Der schwarze König zeigt die Raubtiernägel,
zehn blasse Monde jagt er in die Bahn,
und er befiehlt den großen Tropenregen.
Die Welt sieht dich vom andren Ende an!

Es zieht dich übers Meer an jene Küsten
aus Gold und Elfenbein, an seinen Mund.
Dort aber liegst du immer auf den Knien,
und er verwirft und wählt dich ohne Grund.

Und er befiehlt die große Mittagswende.
Die Luft zerbricht, das grün und blaue Glas,
die Sonne kocht den Fisch im seichten Wasser,
und um die Büffelherde brennt das Gras.

Ins Jenseits ziehn geblendet Karawanen,
und er peitscht Dünen durch das Wüstenland,
er will dich sehn mit Feuer an den Füßen.
Aus deinen Striemen fließt der rote Sand.

Er, fellig, farbig, ist an deiner Seite,
er greift dich auf, wirft über dich sein Garn.
Um deine Hüften knüpfen sich Lianen,
um deinen Hals kraust sich der fette Farn.

Aus allen Dschungelnischen: Seufzer, Schreie.
Er hebt den Fetisch. Dir entfällt das Wort.
Die süßen Hölzer rühren dunkle Trommeln.
Du blickst gebannt auf deinen Todesort.

Sieh, die Gazellen schweben in den Lüften,
auf halbem Wege hält der Dattelschwarm!
Tabu ist alles: Erden, Früchte, Ströme . . .
Die Schlange hängt verchromt an deinem Arm.

Er gibt Insignien aus seinen Händen.
Trag die Korallen, geh im hellen Wahn!
Du kannst das Reich um seinen König bringen,
du, selbst geheim, blick sein Geheimnis an.

Um den Äquator sinken alle Schranken.
Der Panther steht allein im Liebesraum.
Er setzt herüber aus dem Tal des Todes,
und seine Pranke schleift den Himmelssaum.

Aria I

Wohin wir uns wenden im Gewitter der Rosen,
ist die Nacht von Dornen erhellt, und der Donner
des Laubs, das so leise war in den Büschen,
folgt uns jetzt auf dem Fuß.

Wo immer gelöscht wird, was die Rosen entzünden,
schwemmt Regen uns in den Fluß. O fernere Nacht!
Doch ein Blatt, das uns traf, treibt auf den Wellen
bis zur Mündung uns nach.

Freies Geleit (Aria II)

Mit schlaftrunkenen Vögeln
und winddurchschossenen Bäumen
steht der Tag auf, und das Meer
leert einen schäumenden Becher auf ihn.

Die Flüsse wallen ans große Wasser,
und das Land legt Liebesversprechen
der reinen Luft in den Mund
mit frischen Blumen.

Die Erde will keinen Rauchpilz tragen,
kein Geschöpf ausspeien vorm Himmel,
mit Regen und Zornesblitzen abschaffen
die unerhörten Stimmen des Verderbens.

Mit uns will sie die bunten Brüder
und grauen Schwestern erwachen sehn,
den König Fisch, die Hoheit Nachtigall
und den Feuerfürsten Salamander.

Für uns pflanzt sie Korallen ins Meer.
Wäldern befiehlt sie, Ruhe zu halten,
dem Marmor, die schöne Ader zu schwellen,
noch einmal dem Tau, über die Asche zu gehn.

Die Erde will ein freies Geleit ins All
jeden Tag aus der Nacht haben,
daß noch tausend und ein Morgen wird
von der alten Schönheit jungen Gnaden.

Ihr Worte

Für Nelly Sachs, die Freundin, die Dichterin, in Verehrung

Ihr Worte, auf, mir nach!,
und sind wir auch schon weiter,
zu weit gegangen, geht's noch einmal
weiter, zu keinem Ende geht's.

Es hellt nicht auf.

Das Wort
wird doch nur
andre Worte nach sich ziehn,
Satz den Satz.
So möchte Welt,
endgültig,
sich aufdrängen,
schon gesagt sein.
Sagt sie nicht.

Worte, mir nach,
daß nicht endgültig wird
– nicht diese Wortbegier
und Spruch auf Widerspruch!

Laßt eine Weile jetzt
keins der Gefühle sprechen,
den Muskel Herz
sich anders üben.

Laßt, sag ich, laßt.

Ins höchste Ohr nicht,
nichts, sag ich, geflüstert,
zum Tod fall dir nichts ein,
laß, und mir nach, nicht mild
noch bitterlich,
nicht trostreich,
ohne Trost
bezeichnend nicht,
so auch nicht zeichenlos –

Und nur nicht dies: das Bild
im Staubgespinst, leeres Geroll
von Silben, Sterbenswörter.

Kein Sterbenswort,
Ihr Worte!

6 Gedichte 1964–1967

Wahrlich

Für Anna Achmatova

Wem es ein Wort nie verschlagen hat,
und ich sage es euch,
wer bloß sich zu helfen weiß
und mit den Worten –

dem ist nicht zu helfen.
Über den kurzen Weg nicht
und nicht über den langen.

Einen einzigen Satz haltbar zu machen,
auszuhalten in dem Bimbam von Worten.

Es schreibt diesen Satz keiner,
der nicht unterschreibt.

Böhmen liegt am Meer

Sind hierorts Häuser grün, tret ich noch in ein Haus.
Sind hier die Brücken heil, geh ich auf gutem Grund.
Ist Liebesmüh in alle Zeit verloren, verlier ich sie hier gern.

Bin ich's nicht, ist es einer, der ist so gut wie ich.

Grenzt hier ein Wort an mich, so laß ich's grenzen.
Liegt Böhmen noch am Meer, glaub ich den Meeren
wieder.
Und glaub ich noch ans Meer, so hoffe ich auf Land.

Bin ich's, so ist's ein jeder, der ist soviel wie ich.
Ich will nichts mehr für mich. Ich will zugrunde gehn.

Zugrund – das heißt zum Meer, dort find ich Böhmen
wieder.
Zugrund gerichtet, wach ich ruhig auf.
Von Grund auf weiß ich jetzt, und ich bin unverloren.

Kommt her, ihr Böhmen alle, Seefahrer, Hafenhuren und
Schiffe
unverankert. Wollt ihr nicht böhmisch sein, Illyrer,
Veroneser,
und Venezianer alle. Spielt die Komödien, die lachen
machen

Und die zum Weinen sind. Und irrt euch hundertmal,
wie ich mich irrte und Proben nie bestand,
doch hab ich sie bestanden, ein um das andre Mal.

Wie Böhmen sie bestand und eines schönen Tags
ans Meer begnadigt wurde und jetzt am Wasser liegt.

Ich grenz noch an ein Wort und an ein andres Land,
ich grenz, wie wenig auch, an alles immer mehr,

ein Böhme, ein Vagant, der nichts hat, den nichts hält,
begabt nur noch, vom Meer, das strittig ist, Land meiner
Wahl zu sehen.

Prag Jänner 64

Seit jener Nacht
gehe und spreche ich wieder,
böhmisch klingt es,
als wär ich wieder zuhause,

wo zwischen der Moldau, der Donau
und meinem Kindheitsfluß
alles einen Begriff von mir hat.

Gehen, schrittweis ist es wiedergekommen,
Sehen, angeblickt, habe ich wieder erlernt.

Gebückt noch, blinzelnd,
hing ich am Fenster,
sah die Schattenjahre,
in denen kein Stern
mir in den Mund hing,
sich über den Hügel entfernen.

Über den Hradschin
haben um sechs Uhr morgens
die Schneeschaufler aus der Tatra
mit ihren rissigen Pranken
die Scherben dieser Eisdecke gekehrt.

Unter den berstenden Blöcken
meines, auch meines Flusses
kam das befreite Wasser hervor.

Zu hören bis zum Ural.

Eine Art Verlust

Gemeinsam benutzt: Jahreszeiten, Bücher und eine Musik.
Die Schlüssel, die Teeschalen, den Brotkorb, Leintücher
und ein Bett.
Eine Aussteuer von Worten, von Gesten, mitgebracht,
verwendet, verbraucht.
Eine Hausordnung beachtet. Gesagt. Getan. Und immer
die Hand gereicht.

In Winter, in ein Wiener Septett und in Sommer habe ich
mich verliebt.
In Landkarten, in ein Bergnest, in einen Strand und in
ein Bett.
Einen Kult getrieben mit Daten, Versprechen für
unkündbar erklärt,
angehimmelt ein Etwas und fromm gewesen vor einem
Nichts,

(– der gefalteten Zeitung, der kalten Asche, dem Zettel
mit einer Notiz)
furchtlos in der Religion, denn die Kirche war dieses Bett.

Aus dem Seeblick hervor ging meine unerschöpfliche
Malerei.
Von dem Balkon herab waren die Völker, meine Nachbarn,
zu grüßen.
Am Kaminfeuer, in der Sicherheit, hatte mein Haar seine
äußerste Farbe.
Das Klingeln an der Tür war der Alarm für meine Freude.

Nicht dich habe ich verloren,
sondern die Welt.

Enigma

Für Hans Werner Henze aus der Zeit der Ariosi

Nichts mehr wird kommen.

Frühling wird nicht mehr werden.
Tausendjährige Kalender sagen es jedem voraus.

Aber auch Sommer und weiterhin, was so gute Namen
wie »sommerlich« hat –
es wird nichts mehr kommen.

Du sollst ja nicht weinen,
sagt eine Musik.

Sonst
sagt
niemand
etwas.

Keine Delikatessen

Nichts mehr gefällt mir.

Soll ich
eine Metapher ausstaffieren
mit einer Mandelblüte?
die Syntax kreuzigen
auf einen Lichteffekt?
Wer wird sich den Schädel zerbrechen
über so überflüssige Dinge –

Ich habe ein Einsehn gelernt
mit den Worten,
die da sind
(für die unterste Klasse)

Hunger
          Schande
                    Tränen
und
                              Finsternis.

Mit dem ungereinigten Schluchzen,
mit der Verzweiflung
(und ich verzweifle noch vor Verzweiflung)
über das viele Elend,
den Krankenstand, die Lebenskosten,
werde ich auskommen.

Ich vernachlässige nicht die Schrift,
sondern mich.
Die andern wissen sich
weißgott
mit den Worten zu helfen.
Ich bin nicht mein Assistent.

Soll ich
einen Gedanken gefangennehmen,
abführen in eine erleuchtete Satzzelle?
Aug und Ohr verköstigen
mit Worthappen erster Güte?
erforschen die Libido eines Vokals,
ermitteln die Liebhaberwerte unserer Konsonanten?

Muß ich
mit dem verhagelten Kopf,
mit dem Schreibkrampf in dieser Hand,
unter dreihundertnächtigem Druck
einreißen das Papier,
wegfegen die angezettelten Wortopern,
vernichtend so: ich du und er sie es

wir ihr?

(Soll doch. Sollen die andern.)

Mein Teil, es soll verloren gehen.

Anmerkungen

Verzeichnis der Abkürzungen

Buchtitel

AGB	Anrufung des Großen Bären. Gedichte. R. Piper & Co. Verlag, München 1956, ^{2}1957, ^{3}1959, ^{4}1961, ^{5}1962, ^{6}1967, ^{7}1974
GZ	Die gestundete Zeit. Gedichte. Frankfurter Verlagsanstalt, Frankfurt/M. 1953; R. Piper & Co. Verlag, München ^{2}1957, ^{3}1959, ^{4}1961, ^{5}1964, ^{6}1974
Sb	Gedichte Erzählungen Hörspiel Essays (= Sammelband Piper). R. Piper & Co. Verlag, München 1964, ^{2}1964, ^{3}1966, ^{4}1970, ^{5}1974, ^{6}1981

Rundfunksender

BBC	British Broadcasting Corporation
HR	Hessischer Rundfunk
NDR	Norddeutscher Rundfunk
NWDR	Nordwestdeutscher Rundfunk
SDR	Süddeutscher Rundfunk
SRG/DRS	Radio- und Fernsehgesellschaft der deutschen und rätoromanischen Schweiz
HF-Aufnahme	Hörfunkaufnahme

Verwendete Zeichen

[ ]	Enthält von den Herausgebern eingesetzte Wörter oder Titel

Vorbemerkung

Die chronologische Ordnung der Gedichte richtet sich nach dem Datum der Erstveröffentlichung als Erstdruck oder als Hörfunkaufnahme.
Die Gedichtbände DIE GESTUNDETE ZEIT und ANRUFUNG DES GROSSEN BÄREN sind in der Reihenfolge ihrer Erstveröffentlichung in diese chronologische Ordnung einbezogen.
Die zwei unveröffentlichten Gedichte in Teil 2 HINTER DER WAND und [BEIM HUFSCHLAG DER NACHT] stehen vor den 1952 veröffentlichten Gedichten; beide sind in einem Verzeichnis von Gedichttiteln angeführt – Typoskript 404 aus dem Nachlaß –, das neben nicht mehr auffindbaren Gedichten einige 1952 im Hörfunk veröffentlichte Gedichte und einige in DIE GESTUNDETE ZEIT aufgenommene Gedichte nennt.
In Teil 5 ist das unveröffentlichte Gedicht BRUDERSCHAFT, entsprechend seiner Fundstelle (siehe Anmerkung S. 211), den 1957 veröffentlichten Gedichten zugeordnet. Das gleiche gilt für das unveröffentlichte Gedicht [VERORDNET DIESEM GESCHLECHT KEINEN GLAUBEN], dessen Entstehung zwischen 1956 und 1957 anzunehmen ist. Beide sind den veröffentlichten Gedichten vorangestellt.
Die in Teil 1 enthaltene Auswahl von Jugendgedichten ist nach den Entstehungsdaten geordnet.
Für die Textgestaltung maßgeblich ist jeweils der Text letzter Hand. Eine Ausnahme bildet in Teil 2 das Gedicht ENTFREMDUNG, bei dem die Hörfunkaufnahme für die Textgestalt maßgeblich ist, da erstere eine verbesserte Fassung des gedruckten Textes darstellt.
Der Textgestalt liegen zugrunde bei den unveröffentlichten Gedichten in Teil 2 und Teil 5 das Typoskript aus dem Nach-

laß. Für die verstreuten Gedichte in Teil 2, Teil 5 und Teil 6 werden verwendet: das Typoskript aus dem Nachlaß, der Erstdruck bzw. der einzige Abdruck, der Abdruck letzter Hand und jeweils die erste oder die einzige Hörfunkaufnahme.

Bei den Gedichtbänden DIE GESTUNDETE ZEIT und ANRUFUNG DES GROSSEN BÄREN in Teil 3 und Teil 4 und für die im Sammelband (= »Gedichte Erzählungen Hörspiel Essays«) erschienenen Gedichte in Teil 5 liegen der Textgestalt zugrunde: die erste Auflage und die Auflage letzter Hand.

1 Jugendgedichte

»Ich.« S. 11
Entstanden wahrscheinlich zwischen 1942 und 1943.
Der Textgestalt liegt zugrunde:
Typoskript 5395 aus dem Nachlaß.
Auf den Abdruck des 1. Teils wurde verzichtet. Er entspricht offenkundig einer noch früheren Entwicklungsstufe und ist weniger signifikant.

Bewegung des Herzens S. 12
Bewegung des Herzens lautet der Titel einer Reihe unveröffentlichter Gedichte aus den Jahren 1944–1946 (Reinschrift des Titels: Typoskript 6166 aus dem Nachlaß). Ingeborg Bachmann wählte ihn aus vier Titelentwürfen: Ich im Spiegel, Ruhelose Wanderschaft, Bewegung des Herzens, Rast im Traum (Manuskript 6193 und Typoskript 6167 aus dem Nachlaß).
Die folgenden sechs Gedichte stellen eine Auswahl dar:

Nach grauen Tagen S. 12
Entstanden 1944.
Der Textgestalt liegt zugrunde:
Typoskript 158 aus dem Nachlaß.
Eine frühere, handschriftliche Fassung ist datiert *10. Oktober 1944, Klagenfurt* (Manuskript 6334 aus dem Nachlaß).

Aufblickend S. 13
Der Textgestalt liegt zugrunde:
Typoskript 146 aus dem Nachlaß.

Ich frage S. 14
Der Textgestalt liegt zugrunde:
Typoskript 145 aus dem Nachlaß.
In Zeile 2 der zweiten Strophe sind die Wörter *Genuß* und *Raserei* gestrichen. Die Streichungen deuten auf die Absicht einer späteren Überarbeitung.

Im Sommer S. 15
Der Textgestalt liegt zugrunde:
Typoskript 147 aus dem Nachlaß.

Schranken S. 16
Entstanden 1944.
Der Textgestalt liegt zugrunde:
Typoskript 159 aus dem Nachlaß.
Eine frühere, handschriftliche Fassung ist datiert *7. XI. 44* (Manuskript 5742 aus dem Nachlaß).

Einem Winter entgegen ... S. 17
Entstanden 1945.
I
Der Textgestalt liegt zugrunde:
Typoskript 151 aus dem Nachlaß.
Das Schulheft, in dem die erste, handschriftliche Fassung des Gedichtes enthalten ist, trägt die Jahreszahl 1945 (Manuskript 6262 aus dem Nachlaß).
II
Der Textgestalt liegt zugrunde:
Typoskript 156 aus dem Nachlaß.
Ein handschriftlicher Entwurf in demselben Schulheft ist datiert *18. XII. 45* (Manuskript 6295 aus dem Nachlaß).

2 Gedichte 1948–1953

[ABENDS FRAG ICH MEINE MUTTER] S. 20
Entstanden Juni/Juli 1948.
Der Textgestalt liegen zugrunde:
Typoskript 6354 aus dem Nachlaß, ohne Titel. – Lynkeus. Dichtung, Kunst, Kritik. Wien, Nr. 1, Dez. 1948/Jan. 1949. S. 30, ohne Titel.
Zu diesem Gedicht heißt es in einem Brief an die Eltern vom 6. Juli 1948: »... übrigens, ich darf Euch nicht verheimlichen, hab dieser Tage ein Gedicht geschrieben, das von Rechts wegen ihr [der Mutter] gehört ...«
Die in Lynkeus Nr. 1 erstmals veröffentlichten Gedichte [ABENDS FRAG ICH MEINE MUTTER], [WIR GEHEN, DIE HERZEN IM STAUB], [ES KÖNNTE VIEL BEDEUTEN] und ENTFREMDUNG erschienen als Faksimiledruck in: Die Pestsäule. Monatsschrift für Literatur und Kulturpolitik. Wien, [Jg. 1,] Heft 2, Oktober 1972. S. 115f.

[WIR GEHEN, DIE HERZEN IM STAUB] S. 21
Der Textgestalt liegt zugrunde:
Lynkeus. Dichtung, Kunst, Kritik. Wien, Nr. 1, Dez. 1948/Jan. 1949. S. 30, ohne Titel.

[ES KÖNNTE VIEL BEDEUTEN] S. 22
Der Textgestalt liegt zugrunde:
Lynkeus. Dichtung, Kunst, Kritik. Wien, Nr. 1, Dez. 1948/Jan. 1949. S. 30, ohne Titel.

Entfremdung S. 23

Der Textgestalt liegen zugrunde:
Typoskript 414 aus dem Nachlaß. – Lynkeus. Dichtung, Kunst, Kritik. Wien, Nr. 1, Dez. 1948/Jan. 1949. S. 31. (Erstveröffentlichung.) – HF-Aufnahme des NWDR Hamburg vom 27. Mai 1952. Mit einer Textvariante.

Betrunkner Abend S. 24

Der Textgestalt liegen zugrunde:
Typoskript 395 aus dem Nachlaß. – Die Zeit. Halbmonatsschrift für Kunst, Kultur und Politik. Wien, Jg. 2, Heft 8 vom 15. April 1949. S. 8. (Einzige Veröffentlichung.)
Im Typoskript und in der Inhaltsangabe des Abdrucks lautet der Titel Betrunkener Abend.

Hinter der Wand S. 25

Bisher nicht veröffentlicht.
Der Textgestalt liegt zugrunde:
Typoskript 406 aus dem Nachlaß.

[Beim Hufschlag der Nacht] S. 26

Bisher nicht veröffentlicht.
Der Textgestalt liegt zugrunde:
Vielfach korrigiertes Typoskript 410 aus dem Nachlaß, ohne Titel. Eine nicht vervollständigte handschriftliche Korrektur in Zeile 12 bleibt unberücksichtigt: *Staub* ist korrigiert in *Staubigen* ohne nachfolgendes Substantiv.

Dem Abend gesagt S. 27

Bisher nicht gedruckt.
Der Textgestalt liegen zugrunde:
Typoskript 406a aus dem Nachlaß. – HF-Aufnahme des NWDR Hamburg vom 27. Mai 1952. (Einzige Veröffentlichung.)

VISION S. 28

Bisher nicht gedruckt.

Der Textgestalt liegen zugrunde:

Typoskript 415 aus dem Nachlaß. – HF-Aufnahme des NWDR Hamburg vom 27. Mai 1952, ohne Titel. (Erstveröffentlichung.)

MENSCHENLOS S. 29

Bisher nicht gedruckt.

Der Textgestalt liegen zugrunde:

Typoskript 408 aus dem Nachlaß, unvollständige Fassung. – HF-Aufnahme des NWDR Hamburg vom 27. Mai 1952. (Erstveröffentlichung.) – Das erst 1979 (ein Jahr nach Erscheinen der Werkausgabe) aufgefundene Typoskript 393 aus dem Nachlaß.

WIE SOLL ICH MICH NENNEN? S. 30

Bisher nicht gedruckt.

Der Textgestalt liegen zugrunde:

Typoskript 90 aus dem Nachlaß. – HF-Aufnahme des NWDR Hamburg vom 27. Mai 1952. (Erstveröffentlichung.)

[DIE HÄFEN WAREN GEÖFFNET] S. 31

Bisher nicht gedruckt.

Der Textgestalt liegen zugrunde:

Typoskript 405 aus dem Nachlaß, ohne Titel. – HF-Aufnahme des NWDR Hannover vom 4. Juni 1952, ohne Titel. (Einzige Veröffentlichung.)

[DIE WELT IST WEIT] S. 32

Der Textgestalt liegen zugrunde:

Typoskript 78 aus dem Nachlaß, ohne Titel. – Stimmen der Gegenwart 1952. [Jg. 2,] Wien, 1952. S. 50, ohne Titel. (Erstveröffentlichung.) – HF-Aufnahme des NWDR Hamburg vom 27. Mai 1952, ohne Titel.

Das Gedicht wurde nicht in DIE GESTUNDETE ZEIT aufgenommen. In »Stimmen der Gegenwart« und in der HF-Aufnahme steht DIE WELT IST WEIT an zweiter Stelle des Zyklus AUSFAHRT. Der Zyklus enthält fünf Gedichte: I. VOM LANDE STEIGT RAUCH AUF (ohne Titel), II. DIE WELT IST WEIT (ohne Titel), III. ABSCHIED VON ENGLAND, IV. PARIS, V. WIE ORPHEUS SPIEL ICH (ohne Titel).

[NOCH FÜRCHT ICH] S. 34
Bisher nicht gedruckt.
Der Textgestalt liegen zugrunde:
Typoskript 91 aus dem Nachlaß, ohne Titel. Eine frühere Fassung ist datiert: Wien, November 1951 (Typoskript 319 aus dem Nachlaß). – HF-Aufnahme des NWDR Hannover vom 3. November 1952, ohne Titel. (Einzige Veröffentlichung.)

BEWEIS ZU NICHTS S. 35
Der Textgestalt liegen zugrunde:
Typoskript 37 aus dem Nachlaß, ohne Titel. – DIE GESTUNDETE ZEIT. Gedichte, ›studio frankfurt‹ der Frankfurter Verlagsanstalt, 1953. Frankfurt/M. Bd. 12. S. 34.
Das Gedicht wurde nicht mehr in die 2. Auflage von DIE GESTUNDETE ZEIT, Piper Verlag, München 1957, aufgenommen. An seiner Stelle steht das Gedicht IM GEWITTER DER ROSEN, das in der Ausgabe der Frankfurter Verlagsanstalt als Motto dem I. Teil vorangestellt ist.

3 Die gestundete Zeit

I

AUSFAHRT S. 38
Erstveröffentlichung ohne Titel in: Stimmen der Gegenwart 1952. Jg. 2, Wien, 1952. S. 48 f.

Erstes Gedicht des Zyklus AUSFAHRT. Vgl. Anmerkung S. 193 f.
Der Textgestalt liegen zugrunde:
GZ Frankfurt 1953. Die revidierte Fassung hat den Titel AUSFAHRT erhalten. – GZ München 1964. Mit einer Textvariante von der 2. Aufl. an.
Vgl. Faksimile S. 197 ff.

ABSCHIED VON ENGLAND S. 40
Erstveröffentlichung in: Stimmen der Gegenwart 1952. Jg. 2, Wien, 1952. S. 51.
Drittes Gedicht des Zyklus AUSFAHRT. Vgl. Anmerkung S. 193 f.
Der Textgestalt liegen zugrunde:
GZ Frankfurt 1953 und GZ München 1964.
In der revidierten Fassung von der 2. Aufl. 1957 an ist die letzte Gedichtzeile weggelassen, und die vorletzte Zeile steht als Endzeile für sich.

FALL AB, HERZ S. 41
Erstveröffentlichung ohne Titel in: HF-Aufnahme des NWDR Hannover vom 4. Juni 1952.
Erstdruck ohne Titel in: Merkur. Deutsche Zeitschrift für europäisches Denken. Stuttgart, Jg. 7, Heft 10, Oktober 1953. S. 932.
Der Textgestalt liegen zugrunde:
GZ Frankfurt 1953. – GZ München 1964. Mit einer Textvariante in der 2. Aufl. 1957 und 3. Aufl. 1959. Neue Textvariante von der 4. Aufl. 1961 an.

DUNKLES ZU SAGEN S. 42
Erstveröffentlichung ohne Titel in: Stimmen der Gegenwart 1952. Jg. 2, Wien, 1952. S. 53.
Fünftes Gedicht des Zyklus AUSFAHRT. Vgl. Anmerkung S. 193 f.

Der Textgestalt liegen zugrunde:
GZ Frankfurt 1953. Die revidierte Fassung hat den Titel DUNKLES ZU SAGEN erhalten. – GZ München 1964.

PARIS S. 43
Erstveröffentlichung in: Stimmen der Gegenwart 1952. Jg. 2, Wien, 1952. S. 52.
Viertes Gedicht des Zyklus AUSFAHRT. Vgl. Anmerkung S. 193 f.
Der Textgestalt liegen zugrunde:
GZ Frankfurt 1953. – GZ München 1964. Mit drei Textvarianten von der 2. Aufl. 1957 an.

DIE GROSSE FRACHT S. 44
Erstveröffentlichung in: HF-Aufnahme des NWDR Hannover vom 3. November 1952.
Erstdruck ohne Titel in: Wort und Wahrheit. Monatsschrift für Religion und Kultur. Freiburg/Br. und Wien, VIII. Jg., Heft 1, Januar 1953. S. 19.
Der Textgestalt liegen zugrunde:
GZ Frankfurt 1953. – GZ München 1964.

REIGEN S. 45
Erstveröffentlichung in: Merkur. Deutsche Zeitschrift für europäisches Denken. Stuttgart, Jg. 7, Heft 10, Oktober 1953. S. 934 f.
Der Textgestalt liegen zugrunde:
GZ Frankfurt 1953. – GZ München 1964.

HERBSTMANÖVER S. 46
Erstveröffentlichung ohne Titel in: HF-Aufnahme des NWDR Hannover vom 3. November 1952.

Manuskript einer frühen Fassung des Gedichtes AUSFAHRT. Im Besitz von Frau Mi Demmer, Wien.

Vom Lande steigt Rauch auf. Die kleine
Fischerhütte behalt im Auge,
denn die Sonne wird sinken, ehe du
zehn Meilen zurückgelegt hast.

~~Auch wenn das Schiff einen unsicheren Schritt tut,~~
~~steh ruhig~~

Das dunkle Wasser durchblutet Poseidons
Reich, tausendäugig, und schlägt die
Wimper von weißer Gischt auf, Dich
anzusehen, groß und lang, dreißig
Tage lang.

Und wenn das Schiff einen unsicheren
Schritt tut,
steh ruhig auf Deck.

An den Tischen essen sie jetzt
den geräucherten Fisch.
Dann werden die Männer sich hinknien
und die Netze flicken.
Aber nachts wird geschlafen,
eine Stunde oder zwei Stunden,
und ihre Hände werden weich sein,
ohne Salz und Öl,
weich wie das Brot des Traumes,
von dem sie brechen.

Die alte Welle der Nacht schlägt ans Ufer,
die zweite wäscht schon dich
Aber wenn du schlafhinüberschaust,
kannst du den Baum noch sehen,
der trotzig seinen Arm hebt,
- einen hat ihm der Wind schon abgeschlagen -

und der denkt:
wie lange noch,
wie lange noch
wird das krumme Holz den Wettern standhalten?

In die Muscheln blasend, begleiten die Ungeheuer des Meers
Nereus Töchter über die Wellen. Sie reiten und schlagen
mit blanken Säbeln die Tage in Stücke,
eine rote Spur bleibt im Wasser,
dort legt dich der Schlaf hin, zwischen
Proteus und Glaukos,
der ~~Sirenen~~ Najaden kalter Strahl trifft deine Brust.
Und dir schwinden die Sinne,

Da ist etwas mit den Tauen geschehen, man ruft dich,
und du bist froh, daß man dich braucht.

Das Beste
ist die Arbeit auf den Schiffen, die weit-
hinausfahren,
das Wändedichten, das Wasserschöpfen, das
Tauknüpfen
und das Hüten der Fracht. Das Beste
ist müde zu sein und am Abend,
mitten im Händefalten, hinzufallen.

Das Beste ist
am Morgen, mit dem ersten Licht, hell
zu werden,
gegen den unverrückbaren Himmel zu
stehen,
der ungangbaren Wasser nicht zu
achten,
das Schiff über die Wellen zu heben,
auf das immerwiederkehrende
Sonnenufer zu.

Erstdruck ohne Titel in: Wort und Wahrheit. Monatsschrift für Religion und Kultur. Freiburg/Br. und Wien, VIII. Jg., Heft 1, Januar 1953. S. 36.
Der Textgestalt liegen zugrunde:
GZ Frankfurt 1953. – GZ München 1964.

Die gestundete Zeit S. 47
Erstveröffentlichung in: Die Neue Zeitung. Die amerikanische Zeitung in Deutschland. Frankfurt/M., Jg. 8, Nr. 191, 15. August 1952. S. 4.
Der Textgestalt liegen zugrunde:
GZ Frankfurt 1953. – GZ München 1964.

II

Sterne im März S. 48
Erstveröffentlichung in: Die Neue Zeitung. Die amerikanische Zeitung in Deutschland. Frankfurt/M., Jg. 9, Nr. 60, 12. März 1953. S. 4.
Der Textgestalt liegen zugrunde:
GZ Frankfurt 1953. – GZ München 1964. Mit einer Textvariante von der 2. Aufl. 1957 an.

Im Zwielicht S. 49
Erstveröffentlichung in: HF-Aufnahme des HR Frankfurt vom 12. Februar 1953.
Der Textgestalt liegen zugrunde:
GZ Frankfurt 1953. – GZ München 1964.

Holz und Späne S. 50
Erstveröffentlichung in: HF-Aufnahme des HR Frankfurt vom 12. Februar 1953.
Erstdruck in: Die Neue Zeitung. Die amerikanische Zeitung

in Deutschland. Frankfurt/M., Jg. 9, Nr. 136, 11. Juni 1953. S. 4.
Der Textgestalt liegen zugrunde:
GZ Frankfurt 1953. – GZ München 1964.

THEMA UND VARIATION S. 52
Der Textgestalt liegen zugrunde:
GZ Frankfurt 1953. (Erstveröffentlichung.) – GZ München 1964. Mit einer Textvariante von der 2. Aufl. 1957 an.

FRÜHER MITTAG S. 54
Erstveröffentlichung unter dem Titel SIEBEN JAHRE SPÄTER in: HF-Aufnahme des NWDR Hannover vom 3. November 1952.
Erstdruck ohne Titel in: Frankfurter Hefte. Zeitschrift für Kultur und Politik. Frankfurt/M., Jg. 7, Heft 12, Dezember 1952. S. 952.
Der Textgestalt liegen zugrunde:
GZ Frankfurt 1953. – GZ München 1964.

ALLE TAGE S. 56
Erstveröffentlichung in: HF-Aufnahme des NWDR Hannover vom 3. November 1952.
Erstdruck in: Morgen. Monatsschrift freier Akademiker mit der Hochschulbeilage »Der Student«. Wien, Jg. 8, Folge 5, Heft 2, Februar 1953. S. 7.
Der Textgestalt liegen zugrunde:
GZ Frankfurt 1953. – GZ München 1964.

EINEM FELDHERRN S. 57
Der Textgestalt liegen zugrunde:
GZ Frankfurt 1953. (Erstveröffentlichung.) – GZ München 1964.

BOTSCHAFT S. 59

Der Textgestalt liegen zugrunde:

GZ Frankfurt 1953. (Erstveröffentlichung.) – GZ München 1964. Mit zwei Textvarianten von der 2. Aufl. 1957 an.

III

DIE BRÜCKEN S. 60

Erstveröffentlichung in: HF-Aufnahme des NWDR Hannover vom 3. November 1952.

Der Textgestalt liegen zugrunde:

GZ Frankfurt 1953. – GZ München 1964.

NACHTFLUG S. 62

Erstveröffentlichung in: HF-Aufnahme des HR Frankfurt vom 12. Februar 1953.

Erstdruck in: Frankfurter Hefte. Zeitschrift für Kultur und Politik. Frankfurt/M., Jg. 8, Heft 7, Juli 1953. S. 538 f.

Der Textgestalt liegen zugrunde:

GZ Frankfurt 1953. – GZ München 1964.

PSALM S. 64

Erstveröffentlichung in: Merkur. Deutsche Zeitschrift für europäisches Denken. Stuttgart, Jg. 7, Heft 10, Oktober 1953. S. 933 f.

Der Textgestalt liegen zugrunde:

GZ Frankfurt 1953. – GZ München 1964.

Das zweite Gedicht des Zyklus erscheint in der 2. Aufl. 1957 und in der 3. Aufl. 1959 in einer revidierten Fassung, die in den folgenden Auflagen wieder aufgegeben ist.

IM GEWITTER DER ROSEN S. 66

Erstveröffentlichung ohne Titel in: Frankfurter Hefte. Zeit-

schrift für Kultur und Politik. Frankfurt/M., Jg. 8, Heft 7, Juli 1953. S. 537.
Vgl. die Anmerkungen zu BEWEIS ZU NICHTS S. 194 und zu ARIA I S. 213.
Der Textgestalt liegen zugrunde:
GZ Frankfurt 1953. – GZ München 1964.

SALZ UND BROT S. 67
Der Textgestalt liegen zugrunde:
GZ Frankfurt 1953. (Erstveröffentlichung.) – GZ München 1964.

GROSSE LANDSCHAFT BEI WIEN S. 69
Erstveröffentlichung in: Frankfurter Hefte. Zeitschrift für Kultur und Politik. Frankfurt/M., Jg. 8, Heft 7, Juli 1953. S. 535 f.
Der Textgestalt liegen zugrunde:
GZ Frankfurt 1953. – GZ München 1964. Mit einer Textvariante von der 2. Aufl. 1957 an.

EIN MONOLOG DES FÜRSTEN MYSCHKIN ZU DER BALLETTPANTOMIME ›DER IDIOT‹ S. 72
Entstanden 1953.
Die Uraufführung der Ballettpantomime »Der Idiot« nach Fjodor M. Dostojewskij mit Text und Choreographie von Tatjana Gsovsky und der Musik von Hans Werner Henze fand am 4. September 1952 bei den Berliner Festwochen statt. Mit der neuen Textfassung von Ingeborg Bachmann kam die Ballettpantomime »Der Idiot« 1960 durch eine Tournee des Berliner Balletts zur Aufführung. Premiere: 8. Januar 1960, Titania-Palast Berlin. Mit Genehmigung der SCHOTT Music GmbH & Co. KG, Mainz
Der Textgestalt liegen zugrunde:
GZ Frankfurt 1953. (Erstveröffentlichung.) – GZ München 1964. Revidierte Fassung von der 2. Aufl. 1957 an.

4 Anrufung des Großen Bären

I

Das Spiel ist aus S. 92

Erstveröffentlichung in: Jahresring 54. Ein Schnitt durch Literatur und Kunst der Gegenwart. [Bd. 1,] Stuttgart 1954. S. 38 f.

Der Textgestalt liegen zugrunde:
AGB München 1956 und 1967.

Von einem Land, einem Fluss und den Seen S. 94

Der Textgestalt liegen zugrunde:
AGB 1956 (Erstveröffentlichung) und 1967. Mit einer Textvariante in VIII von der 2. Aufl. 1959 an.

Anrufung des Grossen Bären S. 105

Erstveröffentlichung in: Merkur. Deutsche Zeitschrift für europäisches Denken. Stuttgart, Jg. 9, Heft 1, Januar 1955. S. 36.

Der Textgestalt liegen zugrunde:
AGB 1956 und 1967.

Mein Vogel S. 106

Erstveröffentlichung in: Merkur. Deutsche Zeitschrift für europäisches Denken. Stuttgart, Jg. 10, Heft 6, Juni 1956. S. 532 f.

Der Textgestalt liegen zugrunde:
AGB 1956 und 1967.

II

LANDNAHME S. 108

Erstveröffentlichung in: Wort in der Zeit. Österreichische Literaturzeitschrift. Graz, Jg. 2, Heft 1, Januar 1956, S. 39.
Der Textgestalt liegen zugrunde:
AGB 1956 und 1967.

CURRICULUM VITAE S. 109

Erstveröffentlichung in: Akzente. Zeitschrift für Dichtung. München, Jg. 2, Heft 1, Februar 1955. S. 12 ff.
Der Textgestalt liegen zugrunde:
AGB 1956 und 1967.
In der HF-Aufnahme des NDR Hamburg vom 1. Februar 1957 spricht Ingeborg Bachmann Vers 8, Zeile 5: *schlüg ich die Sonne nicht aus.* Das Wort *nicht* fehlt in sämtlichen gedruckten Veröffentlichungen, außer der von 1959.

HEIMWEG S. 113

Erstveröffentlichung in: Merkur. Deutsche Zeitschrift für europäisches Denken. Stuttgart, Jg. 10, Heft 6, Juni 1956. S. 531 f.
Der Textgestalt liegen zugrunde:
AGB 1956 und 1967.

NEBELLAND S. 115

Erstveröffentlichung in: Süddeutsche Zeitung. München, Jg. 10, Nr. 117, 22./23. Mai 1954.
Der Textgestalt liegen zugrunde:
AGB 1956 und 1967.

DIE BLAUE STUNDE S. 117

Erstveröffentlichung in: Merkur. Deutsche Zeitschrift für europäisches Denken. Stuttgart, Jg. 9, Heft 1, Januar 1955. S. 37.

Der Textgestalt liegen zugrunde:
AGB 1956 und 1967.

Erklär mir, Liebe S. 119
Erstveröffentlichung in: Die Zeit. Hamburg, Jg. 11, Nr. 29, 19. Juli 1956. S. 7.
Der Textgestalt liegen zugrunde:
AGB 1956 und 1967.
In einem Exemplar der 4. Aufl. von 1962 aus dem Nachlaß, signiert *Ingeborg Bachmann 5–11–64*, ist zwischen die erste und die zweite Zeile des letzten Verses eine Linie gezogen und am Rand von Ingeborg Bachmann handschriftlich dazu vermerkt: *trennen.*

Scherbenhügel S. 121
Erstveröffentlichung in: Wort in der Zeit. Österreichische Literaturzeitschrift. Graz, Jg. 2, Heft 1, Januar 1956. S. 39.
Der Textgestalt liegen zugrunde:
AGB 1956 und 1967.

Tage in Weiss S. 122
Erstveröffentlichung in: Jahresring 56/57. Ein Querschnitt durch die deutsche Literatur und Kunst der Gegenwart. [Bd. 3,] Stuttgart 1956. S. 227 f.
Der Textgestalt liegen zugrunde:
AGB 1956 und 1967.

Harlem S. 123
Erstveröffentlichung in: Jahresring 56/57. Ein Querschnitt durch die deutsche Literatur und Kunst der Gegenwart. [Bd. 3,] Stuttgart 1956. S. 228. Schreibweise des Titels hier noch *Haarlem*.
Der Textgestalt liegen zugrunde:
AGB 1956 und 1967.

Reklame S. 124
Erstveröffentlichung in: Jahresring 56/57. Ein Querschnitt durch die deutsche Literatur und Kunst der Gegenwart. [Bd. 3,] Stuttgart 1956. S. 229.
Der Textgestalt liegen zugrunde:
AGB 1956 und 1967.

Toter Hafen S. 125
Erstveröffentlichung in: Jahresring 56/57. Ein Querschnitt durch die deutsche Literatur und Kunst der Gegenwart. [Bd. 3,] Stuttgart 1956. S. 229 f.
Der Textgestalt liegen zugrunde:
AGB 1956 und 1967.

Rede und Nachrede S. 126
Erstveröffentlichung in: Jahresring 56/57. Ein Querschnitt durch die deutsche Literatur und Kunst der Gegenwart. [Bd. 3,] Stuttgart 1956. S. 230 f.
Der Textgestalt liegen zugrunde:
AGB 1956 und 1967.

Was wahr ist S. 128
Erstveröffentlichung in: Jahresring 55/56. Ein Querschnitt durch die deutsche Literatur und Kunst der Gegenwart. [Bd. 2,] Stuttgart 1955. S. 37.
Der Textgestalt liegen zugrunde:
AGB 1956 und 1967.

III

Das erstgeborene Land S. 129
Erstveröffentlichung in: Wort in der Zeit. Österreichische Literaturzeitschrift. Graz, Jg. 2, Heft 1, Januar 1956. S. 38.

Der Textgestalt liegen zugrunde:
AGB 1956 und 1967.

LIEDER VON EINER INSEL S. 131
Erstveröffentlichung in: Jahresring 54. Ein Schnitt durch Literatur und Kunst der Gegenwart. [Bd. 1,] Stuttgart 1954. S. 39 ff.
Der Textgestalt liegen zugrunde:
AGB 1956 und 1967.
Auf den Zyklus LIEDER VON EINER INSEL schrieb Hans Werner Henze 1964 die »Chorfantasie«. Uraufführung: 23. Januar 1967 zur Einhundertjahrfeier der Firma Rosenthal, Selb.

NORD UND SÜD S. 135
Erstveröffentlichung in: HF-Aufnahme des NWDR Hannover vom 3. November 1952.
Erstdruck in: Jahresring 55/56. Ein Querschnitt durch die deutsche Literatur und Kunst der Gegenwart. [Bd. 2,] Stuttgart 1955. S. 38.
Der Textgestalt liegen zugrunde:
AGB 1956 und 1967.

BRIEF IN ZWEI FASSUNGEN S. 137
Der Textgestalt liegen zugrunde:
AGB 1956 (Erstveröffentlichung) und 1967.

RÖMISCHES NACHTBILD S. 138
Erstveröffentlichung in: Akzente. Zeitschrift für Dichtung. München, Jg. 2, Heft 1, Februar 1955. S. 44.
Der Textgestalt liegen zugrunde:
AGB 1956 und 1967.

UNTER DEM WEINSTOCK S. 139
Erstveröffentlichung in: Jahresring 55/56. Ein Querschnitt

durch die deutsche Literatur und Kunst der Gegenwart. [Bd. 2,] Stuttgart 1955. S. 39.
Der Textgestalt liegen zugrunde:
AGB 1956 und 1967.

In Apulien S. 140
Erstveröffentlichung in: Merkur. Deutsche Zeitschrift für europäisches Denken. Stuttgart, Jg. 9, Heft 1, Januar 1955. S. 35.
Der Textgestalt liegen zugrunde:
AGB 1956 und 1967.

Schwarzer Walzer S. 141
Erstveröffentlichung in: Merkur. Deutsche Zeitschrift für europäisches Denken. Stuttgart, Jg. 9, Heft 1, Januar 1955. S. 38.
Der Textgestalt liegen zugrunde:
AGB 1956 und 1967.

Nach vielen Jahren S. 142
Erstveröffentlichung unter dem Titel Leicht ruht der Pfeil in: Jahresring 55/56. Ein Querschnitt durch die deutsche Literatur und Kunst der Gegenwart. [Bd. 2,] Stuttgart 1955. S. 39.
Der Textgestalt liegen zugrunde:
AGB 1956 und 1967.
In einem Exemplar der 4. Aufl. von 1962 aus dem Nachlaß, signiert *Ingeborg Bachmann 5–11–64*, ist das Gedicht Nach vielen Jahren durchgestrichen und daruntergeschrieben: *weg*.

Schatten Rosen Schatten S. 143
Der Textgestalt liegen zugrunde:
AGB 1956 (Erstveröffentlichung) und 1967.

BLEIB S. 144
Erstveröffentlichung in: Wort in der Zeit. Österreichische Literaturzeitschrift. Graz, Jg. 2, Heft 1, Januar 1956. S. 40.
Der Textgestalt liegen zugrunde:
AGB 1956 und 1967.

AM AKRAGAS S. 145
Erstveröffentlichung in: Jahresring 55/56. Ein Querschnitt durch die deutsche Literatur und Kunst der Gegenwart. [Bd. 2,] Stuttgart 1955. S. 38.
Der Textgestalt liegen zugrunde:
AGB 1956 und 1967.

AN DIE SONNE S. 146
Erstveröffentlichung in: Merkur. Deutsche Zeitschrift für europäisches Denken. Stuttgart, Jg. 10, Heft 6, Juni 1956. S. 534.
Der Textgestalt liegen zugrunde:
AGB 1956 und 1967.

IV

LIEDER AUF DER FLUCHT S. 148
Der Textgestalt liegen zugrunde:
AGB 1956 (Erstveröffentlichung) und 1967.
Dem Zyklus als Motto vorangestellt ist Vers 50, in Teil III »Il Trionfo del Amore« aus »I Trionfi« von Francesco Petrarca.

5 Gedichte 1957–1961

BRUDERSCHAFT S. 160

Bisher nicht veröffentlicht.
Der Textgestalt liegt zugrunde:
Typoskript 484 aus dem Nachlaß.
Zur Datierung: Der handschriftliche Entwurf des Gedichtes – Manuskript 6026 aus dem Nachlaß – ist in einem Notizbuch enthalten; unter den durchwegs undatierten Eintragungen finden sich die Entwürfe zu FREIES GELEIT sowie LIEBE: DUNKLER ERDTEIL und HÔTEL DE LA PAIX, die die alle 1957 veröffentlicht wurden.

[VERORDNET DIESEM GESCHLECHT KEINEN GLAUBEN]

Bisher nicht veröffentlicht. S. 161
Der Textgestalt liegt zugrunde:
Typoskript 481 aus dem Nachlaß, ohne Titel.
Zur Datierung: Der handschriftliche Gedichtentwurf – Manuskript 482 aus dem Nachlaß –, der verglichen wurde mit der Handschrift von Gedichtentwürfen aus den Jahren 1956/57, läßt vermuten, daß das Gedicht ebenfalls in diesen Jahren entstanden ist.

HÔTEL DE LA PAIX S. 162

Erstveröffentlichung in: HF-Aufnahme des NDR Hamburg vom 1. Februar 1957.
Erstdruck in: Botteghe Oscure. Roma, Quaderno XIX, Spring 1957. S. 445.
Der Textgestalt liegen zugrunde:
Sb 1964 und 1970.

EXIL S. 163

Erstveröffentlichung in: Botteghe Oscure. Roma, Quaderno XIX, Spring 1957. S. 447.

Der Textgestalt liegen zugrunde:
Sb 1964. Mit zwei Textvarianten und neuer Stropheneinteilung. – Sb 1970.

NACH DIESER SINTFLUT S. 164
Der Textgestalt liegen zugrunde:
Typoskript 227 aus dem Nachlaß. – Botteghe Oscure. Roma, Quaderno XIX, Spring 1957. S. 445. (Erstveröffentlichung.) – HF-Aufnahme des SDR Stuttgart vom 19. Juni 1957. – Akzente. Zeitschrift für Dichtung. München, Jg. 4, Heft 6, Dezember 1957. S. 491.

MIRJAM S. 165
Der Textgestalt liegen zugrunde:
Botteghe Oscure. Roma, Quaderno XIX, Spring 1957. S. 448. (Erstveröffentlichung.) – HF-Aufnahme des SDR Stuttgart vom 19. Juni 1957.

STRÖMUNG S. 166
Erstveröffentlichung in: HF-Aufnahme des SDR Stuttgart vom 19. Juni 1957.
Erstdruck in: Jahresring 57/58. Ein Querschnitt durch die deutsche Literatur und Kunst der Gegenwart. [Bd. 4,] Stuttgart 1957. S. 140.
Der Textgestalt liegen zugrunde:
Sb 1964 und 1970.

GEH, GEDANKE S. 167
Erstveröffentlichung in: HF-Aufnahme des SDR Stuttgart vom 19. Juni 1957.
Erstdruck in: Jahresring 57/58. Ein Querschnitt durch die deutsche Literatur und Kunst der Gegenwart. [Bd. 4,] Stuttgart 1957. S. 140.
Der Textgestalt liegen zugrunde:
Sb 1964 und 1970.

LIEBE: DUNKLER ERDTEIL S. 168

Der Textgestalt liegen zugrunde:
Typoskript 141 aus dem Nachlaß. – Botteghe Oscure. Roma, Quaderno XIX, Spring 1957. S. 446 f. (Erstveröffentlichung.) – HF-Aufnahme des SDR Stuttgart vom 19. Juni 1957. Mit drei Textvarianten. – Akzente. Zeitschrift für Dichtung. München, Jg. 4, Heft 6, Dezember 1957. S. 494 f. Mit zwei Textvarianten. – Lyrik aus dieser Zeit. München, Folge 1, 1961. S. 73. Der Titel ist in DUNKLER ERDTEIL abgeändert. Es konnte nicht mehr festgestellt werden, ob die Titeländerung mit Einverständnis der Autorin erfolgt ist.

ARIA I S. 170

Erstveröffentlichung = Uraufführung in: »Nachtstücke und Arien« für Sopran und großes Orchester von Hans Werner Henze, Donaueschinger Musiktage, 20. Oktober 1957. Mit Genehmigung der SCHOTT Music GmbH & Co. KG, Mainz
Der Textgestalt liegen zugrunde:
Typoskript 237 aus dem Nachlaß. – Studien-Partitur Edition Schott 4586, 1958. S. 22–32.
In ARIA I greift Ingeborg Bachmann auf eine ursprünglich zweistrophige Fassung des Gedichtes IM GEWITTER DER ROSEN zurück, Typoskript 317 aus dem Nachlaß, ohne Titel. Verändert wurden die ersten beiden Zeilen der zweiten Strophe, die in der ursprünglichen Fassung lauten:
Die Rosen im Land werden wir nicht mehr begehren.
Regen um Regen gibt uns den Flüssen der Nacht.

FREIES GELEIT (ARIA II) S. 171

Erstveröffentlichung in: HF-Aufnahme des SDR Stuttgart vom 19. Juni 1957.
Erstdruck in: Hortulus. Illustrierte Zweimonatsschrift für neue Dichtung. St. Gallen, Jg. 7, Heft 4, August 1957. S. 99. Uraufführung als ARIA II in: »Nachtstücke und

Arien« für Sopran und großes Orchester von Hans Werner Henze, Donaueschinger Musiktage, 20. Oktober 1957. Mit Genehmigung der SCHOTT Music GmbH & Co. KG, Mainz
Der Textgestalt liegen zugrunde:
Sb 1964 und 1970.

IHR WORTE S. 172
Der Textgestalt liegen zugrunde:
Nelly Sachs zu Ehren. Suhrkamp Verlag, Frankfurt/M. 1961. S. 9f. Mit der Widmung: *Für Nelly Sachs, die Freundin, die Dichterin, in Verehrung*. (Erstveröffentlichung.) – Sb 1964 und 1970. Die Widmung fehlt im Sb.

6 Gedichte 1964–1967

WAHRLICH S. 176
Entstanden vermutlich Ende 1964 nach der Begegnung mit Anna Achmatova, anläßlich der Verleihung des Premio Taormina an die russische Dichterin am 12. Dezember 1964. Das Gedicht ist für Anna Achmatova geschrieben. Hinweis in einem Entwurf des Gedichtes, Typoskript 217 aus dem Nachlaß.
Der Textgestalt liegt zugrunde:
L'Europa Letteraria, Artistica, Cinematografica. Roma, Anno VI, 1965, gennaio–febbraio, No. 1. S. 15. Mit der Widmung: *Für Anna Achmatova*. Zweisprachig abgedruckt, übersetzt von Giuseppe Scimone. (Einzige Veröffentlichung.)

BÖHMEN LIEGT AM MEER S. 177
Entstanden 1964.
Hinweis auf das Entstehungsjahr in einem Entwurf zu den Anmerkungen für die Gedichte in Kursbuch 15, 1968:

KEINE DELIKATESSEN, ENIGMA, PRAG JÄNNER 64, BÖHMEN LIEGT AM MEER. Typoskript 290 aus dem Nachlaß.
Der Textgestalt liegen zugrunde:
Typoskript 337 aus dem Nachlaß. – Aufnahme der Österreichischen Phonothek Wien, im Palais Pálffy, vom 10. Mai 1965. (Erstveröffentlichung.) – Programmheft Festival di Spoleto. IX. Festival dei Due Mondi. 24 giugno – 17 luglio 1966. S. 27. Mit zwei Textvarianten. – Kursbuch 15. Frankfurt/M., November 1968. S. 94 f.

PRAG JÄNNER 64 S. 179
Entstanden Januar 1964.
In früheren Fassungen des Gedichtes mit dem Titel SEIT JENER NACHT – Typoskripte 373; 379; 321 b aus dem Nachlaß – steht *Prag, Jänner 1964* als Ortsangabe und Datum in Klammern unter dem Gedicht.
Der Textgestalt liegen zugrunde:
Typoskript 418 a aus dem Nachlaß. – HF-Aufnahme der SRG/DRS Studio Zürich vom 9. Januar 1966. (Erstveröffentlichung.) – Kursbuch 15. Frankfurt/M., November 1968. S. 93 f. Mit fünf Textvarianten.
Ein Exemplar des Kursbuch 15 aus dem Nachlaß enthält vier handschriftliche Korrekturen von Ingeborg Bachmann. Unberücksichtigt bleibt die vierte, unentschiedene Korrektur, die Streichung der beiden Zeilen: *Gehen, schrittweis ist es wiedergekommen, / Sehen, angeblickt, habe ich wieder erlernt.*, die mit zwei Fragezeichen am Rand versehen sind.

EINE ART VERLUST S. 180
Bisher nicht gedruckt.
Der Textgestalt liegen zugrunde:
Typoskript 376 aus dem Nachlaß. – HF-Aufnahme der BBC London vom 15. Juli 1967. (Einzige Veröffentlichung.)

ENIGMA S. 181

ENIGMA ist vermutlich zwischen 1966 und 1967 entstanden als Neufassung des Gedichtes AUF DER REISE NACH PRAG, das Ingeborg Bachmann in der HF-Aufnahme der SRG/DRS Studio Zürich am 9. Januar 1966 gelesen hat. Der Hinweis auf 1964 als Entstehungsjahr von ENIGMA in Typoskript 290 aus dem Nachlaß bezieht sich wahrscheinlich auf die Erstfassung AUF DER REISE NACH PRAG. Vgl. auch Anmerkung zu BÖHMEN LIEGT AM MEER S. 214 f.
Der Textgestalt liegen zugrunde:
Typoskript 143 aus dem Nachlaß. – HF-Aufnahme der BBC London vom 15. Juli 1967. (Erstveröffentlichung.) – Kursbuch 15. Frankfurt/M., November 1968. S. 93. Mit der Widmung: *Für Hans Werner Henze aus der Zeit der »Ariosi«*. Gemeint sind das Jahr 1963 und die Komposition »Ariosi« mit Gedichten von Torquato Tasso: Qual rugiada. Compianto. Maraviglioso fior del vostro mare. Estro. Deh, vien, morte soave.
Nichts mehr wird kommen variiert eine Zeile aus den Peter-Alternberg-Liedern von Alban Berg. *Du sollst ja nicht weinen* spielt auf eine Zeile des Kinderbettlerlieds in der 3. Symphonie von Gustav Mahler an.

KEINE DELIKATESSEN S. 182

Entstanden vermutlich 1963.
Hinweis auf das Entstehungsjahr in Typoskript 290 aus dem Nachlaß. Vgl. auch Anmerkung zu BÖHMEN LIEGT AM MEER S. 214 f.
Der Textgestalt liegt zugrunde:
Kursbuch 15. Frankfurt/M., November 1968. S. 91 f. (Erstveröffentlichung.)

Die Gedichttitel in alphabetischer Reihenfolge

Die Gedichtanfänge in alphabetischer Reihenfolge

Biographische Daten

1926	Am 25. Juni wird Ingeborg Bachmann in Klagenfurt geboren, als ältestes von drei Kindern des Lehrers und späteren Hauptschuldirektors Mathias Bachmann und seiner Frau Olga Bachmann, geborene Haas. Der Vater entstammt einer Bauernfamilie in Obervellach bei Hermagor, die Familie der Mutter betrieb eine Strickwarenerzeugung in Heidenreichstein, Niederösterreich. Kindheitsjahre bis 1933 in der Durchlaßstraße 5 (jetzt 35), seitdem in der Henselstraße 26; Schulferien in Obervellach bei Hermagor.
1932–1936	Besuch der Volksschule.
1936–1938	Bundesrealgymnasium.
1938–1944	Oberschule für Mädchen in der Ursulinengasse, Matura.
1944–1945	Abiturientenkurs an der Lehrerbildungsanstalt, bei Kriegsende abgebrochen.
1945–1946	Sie beginnt im Wintersemester in Innsbruck mit dem Studium der Philosophie.
1946	Es folgt ein Semester Philosophie und Jura in Graz. Veröffentlichung der ersten Erzählung DIE FÄHRE in: »Kärntner Illustrierte«, Klagenfurt, Jg. 2, Nr. 36, vom 31. Juli.
1946–1950	Fortsetzung des Philosophiestudiums in Wien, mit den Nebenfächern Germanistik und Psychologie. Zu ihren Lehrern gehören die Professoren Alois Dempf und Leo Gabriel (Philosophie), Hubert Rohracher (Psy-

chologie) und Viktor E. Frankl (Psychotherapie).

1948–1949 Die ersten Gedichte erscheinen in der von Hermann Hakel herausgegebenen Zeitschrift »Lynkeus. Dichtung, Kunst, Kritik.« Wien, Nr. 1, Dez. 1948/Jan. 1949.

1949 Praktikum in der Nervenheilanstalt Steinhof bei Wien.

1950 Dissertation bei Victor Kraft mit einer Arbeit über DIE KRITISCHE AUFNAHME DER EXISTENTIALPHILOSOPHIE MARTIN HEIDEGGERS. Promotion am 23. März.

1950–1951 Ingeborg Bachmann reist im Oktober 1950 nach Paris und von dort im Dezember nach London. Sie liest am 21. Februar 1951 bei einer Veranstaltung der Anglo-Austrian Society. Nach Wien zurückgekehrt, findet sie zunächst eine Anstellung im Sekretariat der amerikanischen Besatzungsbehörde. Seit dem Herbst arbeitet sie als script-writer und später als Redakteurin beim Sender Rot/Weiß/Rot.

1952 Ursendung des Hörspiels EIN GESCHÄFT MIT TRÄUMEN am 28. Februar im Sender Rot/Weiß/Rot, Wien.

Veröffentlichung des Gedichtzyklus AUSFAHRT in dem von Hans Weigel herausgegebenen Jahrbuch »Stimmen der Gegenwart«, Jg. 2, Wien 1952.

Im Mai erste Einladung von Hans Werner Richter zu einer Lesung bei der 10. Tagung der Gruppe 47 in Niendorf an der Ostsee. Begegnet dort Hans Werner Henze.

Im September erste Reise nach Italien mit ihrer Schwester Isolde.

1953 Sie gibt im Frühjahr ihre Arbeit als Redakteurin beim Sender Rot/Weiß/Rot auf. Bei der 12. Tagung der Gruppe 47 im Mai in Mainz erhält sie den Preis der Gruppe 47.

1953–1957 Seit dem Spätsommer 1953 lebt sie als freie Schriftstellerin in Italien, auf der Insel Ischia, in Neapel und Rom.

1953 Ende des Jahres erscheint der Gedichtband DIE GESTUNDETE ZEIT, studio frankfurt, eine Buchreihe der Frankfurter Verlagsanstalt, herausgegeben von Alfred Andersch, Frankfurt am Main.

1954 Es wird ihr die Fördergabe des Kulturkreises im Bundesverband der Deutschen Industrie zugesprochen.

Sie veröffentlicht zum ersten Mal Gedichte in der von Marguerite Caetani herausgegebenen mehrsprachigen Literaturzeitschrift »Botteghe Oscure«. Roma MCMLIV, Quaderno XIV.

1955 Ursendung des Hörspiels DIE ZIKADEN, mit der Musik von Hans Werner Henze, am 25. März im Nordwestdeutschen Rundfunk Hamburg.

Auf Einladung der Harvard-Universität in Cambridge, Massachusetts, reist Ingeborg Bachmann in die USA und nimmt teil an dem internationalen Seminar der Harvard Summer School of Arts and Sciences and of Education, das von Henry Kissinger geleitet wird.

1956 Der Gedichtband ANRUFUNG DES GROSSEN BÄREN erscheint im Piper Verlag, München.

1957 Am 26. Januar wird Ingeborg Bachmann von der Rudolf-Alexander-Schröder-Stiftung der

	Literaturpreis der Freien Hansestadt Bremen 1956 für ANRUFUNG DES GROSSEN BÄREN verliehen. (Geteilt mit Gerd Oelschlegel.)
	Sie wird korrespondierendes Mitglied der Deutschen Akademie für Sprache und Dichtung in Darmstadt.
	Vertonung der Gedichte IM GEWITTER DER ROSEN und FREIES GELEIT durch Hans Werner Henze in »Nachtstücke und Arien«. Uraufführung am 20. Oktober auf den Donaueschinger Musiktagen.
1957–1958	Arbeit als Dramaturgin beim Bayerischen Fernsehen in München.
1958	Ursendung des Hörspiels DER GUTE GOTT VON MANHATTAN am 29. Mai, als Gemeinschaftsproduktion des Bayerischen Rundfunks und des Norddeutschen Rundfunks Hamburg.
1958–1962	Ingeborg Bachmann lebt abwechselnd in Rom und Zürich.
1959	Sie erhält für das Hörspiel DER GUTE GOTT VON MANHATTAN am 17. März den Hörspielpreis der Kriegsblinden.
1959–1960	Im Wintersemester Einladung zu einer Vorlesungsreihe über »Fragen zeitgenössischer Dichtung«, als erste Dozentin der neugegründeten Gastdozentur für Poetik an der Universität Frankfurt am Main.
1960	Am 8. Januar wird in Berlin die Ballettpantomime »Der Idiot«, Musik von Hans Werner Henze, zum ersten Mal in der Textfassung von Ingeborg Bachmann aufgeführt (Text der Uraufführung 1952 von Tatjana Gsovsky).
	Die nach dem Libretto von Ingeborg Bach-

mann entstandene Oper DER PRINZ VON HOMBURG von Hans Werner Henze wird am 22. Mai an der Hamburgischen Staatsoper uraufgeführt.
In Meersburg Begegnung mit Nelly Sachs.

1961 Der Erzählungsband DAS DREISSIGSTE JAHR erscheint im Piper Verlag, München. Für diese Erzählungen wird Ingeborg Bachmann der Literaturpreis 1960/61 des Verbandes der Deutschen Kritiker (Berliner Kritikerpreis) zuerkannt.
Am 20. November wird sie zum außerordentlichen Mitglied der Abteilung Literatur an der Akademie der Künste Berlin gewählt.

1963 Im Frühjahr Einladung der Ford-Foundation zu einem einjährigen Aufenthalt in Berlin. Begegnung mit Witold Gombrowicz.
Anschließend nimmt sie dort ihren Wohnsitz.

1964 Im Januar Reise nach Prag, im Frühjahr Reise nach Ägypten und in den Sudan.
Verleihung des Georg-Büchner-Preises durch die Deutsche Akademie für Sprache und Dichtung am 17. Oktober in Darmstadt.
Begegnung mit Anna Achmatova in Rom.

1965 Uraufführung der nach dem Libretto von Ingeborg Bachmann entstandenen Oper DER JUNGE LORD von Hans Werner Henze am 7. April an der Deutschen Oper Berlin.
Ende des Jahres Übersiedlung nach Rom, das fortan ihr Wohnsitz bleibt, zunächst Via Bocca di Leone 60, seit 1971 Palazzo Sacchetti, Via Giulia 66.

1968 Ingeborg Bachmann erhält am 20. November den Großen Österreichischen Staatspreis für Literatur.

1971 Veröffentlichung des Romans MALINA im Suhrkamp Verlag, Frankfurt am Main. (Erstes Buch des Romanzyklus TODESARTEN.)

1972 Der Erzählungsband SIMULTAN erscheint im Piper Verlag, München.

Ingeborg Bachmann wird am 2. Mai mit dem Anton-Wildgans-Preis 1971 der Vereinigung Österreichischer Industrieller ausgezeichnet.

1973 Im März Tod des Vaters.

Sie folgt im Mai einer Einladung des Österreichischen Kulturinstituts in Warschau. Fahrt zu den Konzentrationslagern Auschwitz und Birkenau. Lesungen in Warschau und an den Universitäten Krakau, Breslau, Thorn und Posen.

In ihrer römischen Wohnung erleidet sie am 26. September einen Brandunfall, an dessen Folgen sie am 17. Oktober stirbt. Ingeborg Bachmann ist auf dem Friedhof Klagenfurt-Annabichl begraben.

Von Ingeborg Bachmann liegen im Piper Verlag vor:
Das Honditschkreuz
Die kritische Aufnahme der Existentialphilosophie Martin Heideggers (Dissertation)
Anrufung des großen Bären
Die gestundete Zeit
Der gute Gott von Manhattan
Frankfurter Vorlesungen
Das dreißigste Jahr. Erzählungen
Simultan. Erzählungen
Die Hörspiele
Werke (4 Bände)
Sämtliche Erzählungen
Die Wahrheit ist dem Menschen zumutbar
Sämtliche Gedichte
Liebe: Dunkler Erdteil
Das Buch Franza • Requiem für Fanny Goldmann, Texte des »Todesarten«-Projekts
Ich weiß keine bessere Welt. Gedichte
Briefe einer Freundschaft (mit Hans Werner Henze)
»Male oscuro«
Das Buch Goldmann
»Wir haben es nicht gut gemacht«